KB069258

결국 너밖에 없구나, 와인

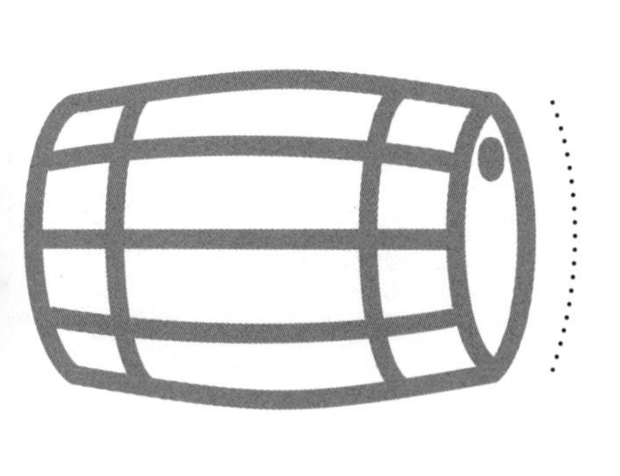

결국 너밖에 없구나, 와인

맛과 향으로
남겨지는
날들의 기록

앤디 킴 지음

차례

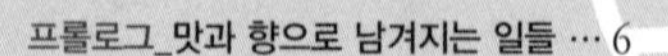

맛과 향으로 남겨지는 일들

프랑스에 살기 시작했을 때, 가장 놀라웠던 것 중 하나는 식사 시간이었다. 사실 예전에도 출장차 유럽을 여러 번 드나든 나에게 프랑스는 아주 낯선 나라는 아니었는데, 매일 살면서 피부로 체감하는 일상은 확실히 달랐다. 출장으로 왔을 때는 아무래도 거래처의 접대를 받다 보니 식사를 하면서 일 얘기뿐 아니라 이것저것 사담도 나누었다. 식사 시간은 자연스레 길어졌다. 그때는 '이분들도 손님 접대를 하느라고 오랜 시간 고생하는구나' 생각했는데, 하루하루 지내면서 프랑스 사람들이 원래부터 이렇듯 식사를 천천히 한다는 사실을 깨달았다. 음식을 꼭꼭 씹고 삼키면서 소화시키는 것도 물론 있겠지만, 상대방과 이런저런 대화를 나누면서 여유롭게 식사하고, 같은 자리에서 디저트를 먹고 차를 마시다 보니 시간이 매우 길어진달까? 이들에게는 애초부터 몇 시에 일어나야 하니 서둘러 먹고 꼭 필요한 얘기만 나누고 헤어져야 하는 그런 긴박함이 없어 보였다.

손님들이 그렇게 여유로워서일까? 식사를 할 수 있는 시간도 정해져 있었다. 점심 영업시간과 저녁 영업시간이 정해져 있고 그 사이에는 브레이크 타임이 있어 손님을 더 이상 받지 않는다. 우리나라에서는 24시간 영업하는 곳이 많을 뿐 아니라 아침 일찍 문을 열고 저녁 늦게 닫는 식당이더라도 몇 시가 됐든 언제든지 식사할 수 있는 곳이 꽤 많은데, 프랑스는 오후 2시 30분 이후로 제대로 식사할 수 있는 음식점을 찾기가 어렵다. 마감 시간이 다 되어 도착하면 포장이 가능한 메뉴만 간신히 주문할 수 있다. 그조차도 가끔 거절당하기도 한다. 그러다 보니 프랑스 내에서 출장을 다닐 때는 꼭 점심시간을 체크하게 되었다. 프랑스 문화에 익숙해질 만도 한데, 식사 때를 놓칠 정도로 일하다가 맥도날드 버거나 베이커리의 샌드위치로 끼니를 때우는 게 은근히 서러웠다.

식사 시간만큼이나 놀라웠던 건 식사 문화, 그중에서도 와인을 대하는 사람들의 자세였다. 레스토랑에 가보면 손님이 아직 없는 테이블에도 이미 물 잔과 와인글라스가 준비되어 있었다. 손님 대다수는 와인을 주문했다. 셋 이상이 되는 테이블에서는 글라스가 아니라 와인 병을 골랐다. 식사 시간이 여유로운 덕분인지, 주문할 음식을 천천히 고르는 것도 프랑스 사람들의 특성이다. 특히 음식 메뉴판 못지않게, 때론 그보다 훨씬 두꺼운 와인 리스트를 보며 이런저런 의견을 주고받고 무엇을 주문할지 고심하는 풍경이 처음에는 매우 생소하게 느껴졌다.

예전 출장길에서는 내가 와인을 골라야 하는 경우가 많았다. 동행한 한국의 대표님들 체면이나 사회적 지위를 고려해서 잘 알려진 와인을 고르면 됐다. "이 와인이 어떠세요, 아니면 저건 어떨까요?" 하고 의견을 물어봐도 "우리가 뭐 봐서 아나, 앤디 씨가 알아서 시켜줘요"라는 말을 자주 들었던 것이다.

그런데 프랑스 사람들은 달랐다. 와인을 고르다가 갑자기 다양한 이야기의 향연이 펼쳐지곤 했다. 예전 수아레 Soirée(저녁에 지인들을 초대해서 간단하게 안주를 곁들여 술을 마시며 대화를 나누는 자리, 일반적으로 '저녁 초대' 혹은

'파티' 대용으로 사용하는 단어)에서 마셔봤던 와인에 대한 감상을 이야기하다가 그날 저녁 때 있었던 인상적인 경험을 본격적으로 풀어놓는다. "레스토랑 직원에게 추천해 달라고 하면 어때요?"라는 나의 제안에 동행 중 누군가가 "추천받는 것도 복불복이에요. 내가 마실 건 내가 골라야죠"라며 자신의 경험담을 주르륵 펼치기도 한다. 우리에게 충분히 고를 시간을 준 직원이 우리 테이블에만 세 번째 들락거렸다는 사실을 알아차리고 나서야 '우리가 와인을 안 고르고 너무 떠들었구나' 자각을 하고 사과를 한다. 물론 직원들 대부분은 "천천히 고르세요. 궁금한 게 있으시면 언제든 물어보시고요"라며 이해해 준다.

이렇게 시간을 들여 고른 와인을 마시다 보면 또 다른 이야깃거리가 마법처럼 주르르 풀린다. 예상했던 바와 맛이 어떻게 다른지, 전에 마셔봤던 무슨 와인과 비교해 보기도 하고, 이런 맛의 와인과 어울리는 음식이 떠오르는데 메뉴판에 있는지 살펴보기도 하고, 혹시 메뉴판에 없더라도 셰프가 만들어 줄 수 있는지 직원을 통해 물어보기도 한다. 실제로 나는 셰프가 즉흥적으로 만들어 준 음식을 먹어본 적이 있다.

그저 평범한 한 끼가 여유로운 시간과 와인이 어우러져

일상 속에서 특별한 경험을 선사하는 것이다. 게다가 와인은 시간이 갈수록 자연스레 맛이 풍부해진다. 즉 첫 잔과 마지막 잔의 맛이 미세하게 달라진다. 시간적 여유가 있어야만 누릴 수 있는 감각인데, 나에게는 이 또한 너무나 매력적이었다.

돌이켜 보면 정확하게 언제부터 와인이 내 마음속에 들어왔는지는 잘 모르겠다. 와인을 공부하게 된 계기와는 별개로, '내가 언제부터 와인에 애정을 쏟게 되었을까'에 대해 생각해 본 적이 없다. 어쩌면 좋은 사람들과 맛있는 음식을 먹던 중, 이 시간을 더 빛나게 해주는 와인의 매력을 느낀 순간이었을까? 아니면 와인메이커(와인 생산자 혹은 와이너리의 대표를 이르는 말)가 오크통에서 스포이트로 뽑아준 와인을 입에 댄 순간이었을까? 나와 테이스팅을 진행한 와인이 너무 맛있다며 본국에 돌아가서도 감사 인사를 보낸 고객들의 연락을 받았을 때였을까? 언제, 어느 순간이든 입에 머금으면 새로운 이야깃거리와 경험을 선사하는 와인이 그저 좋았다. 좋아하는 와인을 주문해 한 잔 따른 다음 맛이 열리기를 기다리는 동안에는 시간이 잠시 느리게 흐르는 것 같은 착각이 든다. 나도 모르는 새 어느덧 포도송이가 천천히 와인으로 익어가듯 와인이 부리는 시간의 마법에 빠져든 것이다.

하지만 와인을 본격적으로 배우겠다고 결심하기까지는 꽤 큰 용기가 필요했다. 마치 오랫동안 알고 지낸 친구에게 갑자기 사귀자면서 고백이라도 하는 심정이랄까? 고백하고 나서 어색해질 수 있는 분위기를 감수해야 하고, 그렇다고 고백을 하지 않고 평생 이 상태로 살아가자니 후회할 것 같은 기분 말이다. 결국 나는 후회를 남기지 않는 쪽을 선택했고, 다행인지 불행인지 와인은 내게 즉답을 하지 않았다. 마치 천천히 생각해 볼 테니까 일단은 기다려 달라는 대답을 들은 느낌이었다.

와인을 전공으로 학위를 따고 난 지금도 와인 공부는 끝나지 않았다. 매일 와인과 밀당을 하는 기분이다. 이만큼 알았다 싶으면 또 갑자기 저만큼 멀리 떨어져 있어서, 혼자 그렇게 가버리지 말고 나를 좀 기다려 달라고 부탁하고 싶은 마음이다. 그런데 또 동시에 기쁘거나 슬플 때는 늘 곁에 있어주어서, '결국 너밖에 없구나' 싶어 고마운 마음이 들기도 한다.

아직도 와인은 나를 일희일비하게 만드는 존재다. 존재

만으로 나를 웃고 울리기도 하고 또 귀한 이야깃거리가 되기도 한다. 그동안 와인과 함께한 다양한 결의 이야기를 이 책 속에 담았다. 가벼운 당도와 탄산이 어우러져 가볍게 읽어볼 일상의 소소한 이야기, 바디감이 강해서 읽고 나서도 입에 오래 남는 자기고백 같은 이야기, 그리고 드라이하게 꾹꾹 눌러썼다가 산미가 담긴 뒷맛을 남기는 인상적인 경험담도 담아봤다. 나에겐 나의 일상과 인생을 다채로운 와인으로 모아놓은 셀러라고 부르고 싶은 책이다.

책을 읽는 이가 페이지를 넘기는 동안 사랑하는 연인, 가족, 친구들과 마셨던 와인 혹은 마시고 싶은 와인이 떠오른다면 참 좋겠다. 생애 더없을 행복한 순간까지는 아니더라도, 기념하고 싶은 소소한 성취가 있던 날이나 위로가 필요한 순간에 가슴을 어루만져 준 와인이 떠올라 각자의 추억을 소환할 수 있는 계기가 되길 희망해 본다.

1장

와인은 타이밍,
인생도 타이밍

나부터 심사하고 나를 달래줘야 하는 그날, 와인 콩쿠르

나는 아침잠이 많다. 평소 같으면 눈도 제대로 못 뜨고 어리바리하게 일어나 커피 머신을 켜는 것으로 하루를 시작했겠지만 와인을 심사하는 날만은 그럴 수 없다. '쓴맛 성애자'인 내가 커피를 마시지 못하는 아침이라니, 이런 고역이 있을 수가 있을까? 커피 대신 차를 고를 수도 없다. 향긋한 홍차는 커피보다 더 피해야 할 음료이기 때문이다. 보통은 자기 전 정수기에서 물을 컵에 받아 두었다가 아침에 미지근해진 물을 마시는데, 날이 날인 만큼 머릿속을 깨우자는 생각으로 냉장고에서 생수를 꺼내 들이켠다.

사실 심사하는 날은, 육체적으로는 빈속인 상태가 가장

이상적이다. 그래도 너무 허기진다 싶으면 무염 비스코트(바삭한 러스크를 떠올리게 하는, 작은 식빵 모양처럼 생긴 담백한 맛의 비스킷)를 한 조각 꺼내 잼이나 버터 아무것도 바르지 않고 와그작와그작 씹는다. 입안에서 거품이 이는 느낌이 좋아서 평소에는 양치질을 오래 하는 편이지만, 오늘은 이 또한 조심해야 한다. 치약은 조금 짜서 간단하게 이를 닦고, 가글은 절대 하지 않는다. 전날 밤 미리 감은 머리는 드라이로 가볍게 정돈하고, 당연한 이야기지만 향수는 절대 뿌리지 않는다. 롤 온 타입의 데오드란트를 바르는 정도로 외출 준비를 마친다.

뭘 이렇게까지 해야 할까 싶은 생각이 들지도 모르겠다. 사실 나는 만성 비염을 앓고 있는지라 감기에 걸리지 않도록 평소에도 조심하는 편이다. 아무리 신경을 써도 결국 피해 갈 수 없는 때가 있긴 하지만, 비염이 없는 사람에게도 후각과 미각에 악영향을 끼치는 감기는 심사에 정말 치명적인 악재이다.

와인을 심사하는 모든 사람이 이렇게까지 하지 않을 거라고 생각한다. 하지만 나는 여느 심사위원들과 출발점이 다르다. 어린 시절 식사 자리에서 자연스럽게 와인을 접해온 그들은 나보다 한참 앞에 있다. 후발주자가 그런 이들을 따라잡으려면 무엇이든 해야 하지 않을까? 심사 당일, 나는 미각과 후각을 깨우는 데 조금이라도 방해가 되지 않도록 작은 습관에도 신경을 쓴다. 이 콩쿠르를 위해 1년을 기다렸을 와인 생산자의 입장을 떠올리면 이 정도로 몸 상태를 만드는 건 당연한 일이다. 내가 매기게 될 N분의 1만큼 공정하게 평가해야 하니까. 공정함은 최소한의 자기검열에서 시작한다.

이렇게까지 주의를 기울이게 된 사연이 있다. 생애 처음 심사위원의 자격으로 콩쿠르에 나갔던 그날의 당혹스러운 순간을 아직도 잊을 수 없다. 분명 내가 익히 알고 있는 아로마(와인에서 느껴지는 향)인데도, 심사장에서는 생각보다 빨리 잘 읽히지 않아 너무 곤혹스러웠다. 얼른 파악해서 기록하고 다음 와인으로 넘어가야 하는데, 급한 내 마음과는 별개로 평가지에는 아무것도 적을 수 없었다. 모든 심사가 끝나갈 즈음 겨우겨우 문장을 만들어서 제출하는 순간, 마음속에는 굴욕감이 가득했다. 기분 탓인지 입안에 남은 탄닌의 뒷맛이 유난히 떫고 쓰고 불쾌했다. 현장에서 내 난처함을 읽어낸 사람도, 얼른 써서 제출하라고 재촉한 사람도 없었지만 혼자 마음 졸이다가 집에 돌아가던 길이 아직도 생생하게 기억난다.

하필, 며칠 뒤에 다른 심사가 있었다. 고민 끝에 임시방편을 택했다. 심사 전날 저녁을 아예 굶기로 한 것이다. 그저 속을 비우는 데만 그치지 않았다. 찬장의 향신료나 식재료를 모조리 꺼내 테이블에 올려두었다. 이것저것 냄새도 맡아보고, 무작위로 골라서 눈감고 맞혀 보기도 했다. 당연하지만 빈속이니만큼 더 민감하게 읽히고, 민감하게 읽힐수록 빈속인 것이 상기되어 더 괴로웠다.

가장 힘든 건 다음 날이다. 열몇 시간째 굶주린 배를 물로 채우고 외출 준비를 마치고 현장에 가서 심사하는 일은 육체적으로도, 정신적으로도 힘들었다. 먹은 것이 없어서인지 약간 어지럽기도 했으나 두 끼를 건너뛰는 고생은 헛되지 않았다. 놀라울 만큼 아로마가 잘 읽혔다. 하지만 다음부터는 끼니를 굶지 않아도 척척 아로마를 맞힐 수 있을 만큼 평소에도 꾸준히 훈련해야겠다는 다짐도 했다.

그날 이후로는 장을 보러 갈 때 향신료에 주목했다. 개별 포장된 향신료를 파는 곳 말고 시장에 가거나 저울에 달아 그램 수로 파는 전문점을 일부러 찾아갔다. 가게에서 샘플로 비치된 향신료를 맡아보니 동양인인 내 코에는 익숙하지 않은 탓인지, 쉽게 구분되지 않았다. 나는 평소에 쓰지 않는 향신료만 골라 소량으로 구입했다. 개별 포장된 그대로 찬장에 놔두었다가 배가 고플 때와 배가 부를 때를 구분해 향을 두 번 맡아보았다. 빈속임에도 좀처럼 잘 읽히지 않는 아로마는 온도에 변화를 주었다. 각각 차가운 물과 뜨거운 물에 넣었다가 눈을 감고 다시 코끝에 대보았다.

가장 쉽게 파악되는 건 버섯 종류였고, 난해한 건 꽃이었다. 꽃을 좋아하지만 종류를 잘 알지 못하는 데다 냄새로 꽃을 구분해 본 적이 없는 나로서는 무슨 꽃 향이 난다고 콕 짚어서 말하는 심사위원들이 신기했다. 한국에서는 자라지 않는 낯선 꽃들이라 향은 물론이고 존재 자체가 낯선 경우가 많았지만, 그걸 핑계 삼고 싶지 않았다. 계속해서 훈련을 해보니 어느 순간부터는 자신감이 붙었다. 하지만 마음을 놓을 단계는 아니라서 늘 긴장하고 있다.

심사를 마치고 나면 또 다른 문제에 직면하게 된다. 심사는 대개 겨울이나 초봄에 일정이 잡혀있다. 아침에 나서면 약간 쌀쌀한 바람이 코끝을 스친다. 빈속에 이런 거리를 걸으면 종종 참을 수 없을 만큼 뜨끈한 국물 음식이 생각난다. 한국에서는 포장마차며 편의점 등 어디서나 쉽게 찾을 수 있는 어묵 국물이 이런 때 얼마나 간절한지 모른다. 최선이 아니면 차선을 택하랬다고, 그나마 내가 직접 끓여 먹을 수 있는 라면은 해외 거주자들에겐 정말 소중한 존재다. 찬바람이 옷깃을 파고들 때, 라면 한 젓가락에 국물 한 모금을 떠올리기라도 하면 순식간에 침이 고인다. 딱히 배가 고프지 않을 때도 말이다. 외국에 거주하는 한국사람 중 비상용품처럼 라면 한두 봉지 쟁여두지 않은 사람이 있을까? 나 역시 마찬가지다. 특히 심사하는 날, 라면은 나에게 표현할 수 없는 위로와 안식을 선사한다.

와인을 쉴 새 없이 시음하고 나면 엄청나게 목이 탄다. 이때 탄산수를 마시면 갈증은 해결되지만, 곧바로 속이 출출해진다. 그러면 아침 출근길에 떠오른 라면 생각이 더욱 간절해진다. 삼키지 않고 아무리 뱉어낸다고 해도 몇 시간 동안 술을 입에 머금고 나서는 뜨끈하고 얼큰한 국물로 달래줘야 하는 게 한국인의 인지상정이다. 그래서 콩쿠르 이후에는 나는 웬만하면 다른 일정을 피한다. 마치 이날의 마지막 일정처럼 곧장 집으로 달려가 다급하게 라면 봉지를 뜯는다. 프랑스에 살고 있지만, 내 몸에는 국물로 해장을 해야 하는 한국인의 DNA가 엄연히 있다는 사실을 깨닫는다. 하지만 오후에 다른 일정이 잡혀있으면 그날은 정말이지 정신적, 육체적 고역에 시달린다. 편의점에 들러 급한 대로 컵라면이라도 먹을 수 없는 현실이 고통스럽기만 하다.

간절히 원하면 이루어진다고 했던가? 그렇게 못내 아쉬워만 하던 어느 날, 드디어 "유레카"를 외칠 수 있었다. 잠시 쉬려고 들른 프랑스의 고속도로 휴게소에서 자판기 토마토수프를 만난 것이다. 제대로 된 건더기를 찾아볼 수 없는 인스턴트 수프지만, 한 모금만 마셔도 몸에 바로 온기가 돈다. 사람들에게 인기 있는 메뉴가 아니다 보니 품절이 될 일도 드물고, 고작 2.8유로를 들고 휴게소에 가면 언제든 마실 수 있다. 처음 한 모금 마셨을 때 나도 모르게 "크으" 하고 해장하는 술꾼의 구수한 추임새를 내뱉었다. 간절히 바라는 얼큰한 맛은 아니지만 허브와 향신료가 첨가되어 끝맛이 살짝 매콤해서 해장으로 제격이다. 휴게소 자판기의 토마토수프를 발견하고 나서, 차에 여분의 잔돈을 준비해 두는 습관이 몸에 배게 되었다.

와인 콩쿠르는 내 일상에서 특별한 날이다. 심사하기 전과 심사하고 난 이후의 내 모습이 이토록 극명할 때가 있을까 싶다. 콩쿠르 심사위원이라는 중요한 책무 못지않게, 그 역할을 하기 위한 준비가 되어있는지 스스로를 냉정하게 평가하는 날이자, 그간의 노력을 알아주고 스스로에게 위로해 주고 응원해 주는 날이기도 하다. 평가와 응원이 벌어지는 그날이 의미 있으려면 별수 없다.

포도의 작황 상태에 따라서 맛이 조금씩 달라지는 와인의 특성상 '심사'라는 말 자체가 주제 넘는 표현이 아닌가 하는 생각이 들기도 한다. 따지고 보면 내가 평가하고 있는 이 한 병의 와인은 엄청나게 많은 우연과 필연이 어우러져 만들어진 결과물이다. 그 결과물이 세상의 빛을 보는 이 순간을 내가 함께하고 있다고 생각하면 감격스러울 때가 많다.

포도가 자라는 기간 동안 날씨가 무탈했다고 해도 수확기간에 또 어떤 변수가 있을지 모르기 때문에, 와인의 품질은 수확기의 포도 상태에 달려있다고 해도 과언이 아니다. 와인을 시음하며 짐작할 수 있는 그해의 포도 상태는 자연에 대한 두려움과 신비를 동시에 불러일으키는 반면, 작황이 어려운 해의 와인에서는 와인메이커의 정성이 더더욱 남다르게 느껴진다.

감히 '심사'라는 단어가 무례하게 느껴질 정도로 와인을, 인생을 그리고 세상을 어렴풋이나마 알게 되는 날이 바로 심사하는 날이기도 하다.

아주 프랑스적인 와인 심사법

심사장에 도착하고 이름을 확인하면 심사위원에게 할당된 테이블로 안내를 받는다. 내 자리가 있는 테이블에는 이미 세 사람이 앉아있었다. 보통 한 테이블에는 적게는 여섯 명, 많게는 아홉 명까지 함께 앉는다. 심사위원들은 와인에 대한 지식이 어느 정도 검증되어 있는 사람들이지만, 직업은 각기 다르다. 보통은 먼저 도착한 사람들끼리 인사를 나누고 각자의 직업 등에 대해 가볍게 이야기를 하는데, 보아하니 두 사람이 벌써부터 열띤 토론을 벌이고 있었다. 두 사람 곁에서 잠자코 있던 사람이 나를 발견하고는 자신을 약사라고 소개하며 둘의 언쟁이 20분 정도 이어진 것 같다며 귀띔해 주었다. 부동산 업계에서 일하는 남자와 와이너리에서 양조 담당자로 일하고 있는 여자가 의견 차이로 목소리를 높이고 있었다.

"그렇게 하면 신맛이 중화돼서 별로라고요!"

"무슨 소리! 그래야 훨씬 부드럽고 마시기 쉽지. 신맛이 부족하다 싶으면 나중에 산도를 다시 잡으면 돼요."

"그러면 아로마도 덩달아 약해져요. 그 품종에는 맞지 않다니까!"

우리 테이블에 어느덧 여덟 명의 심사위원 자리가 채워지고, 심사 시작을 알리는 안내말이 들리는데도 둘 사이의 토론은 끝날 기미가 보이지 않았다.

양조 담당자가 화장실에 다녀오겠다며 자리를 뜨자, 부동산 업계에서 일한다는 사람은 그제야 사람들에게 말을 건넸다.

"정신없어서 인사도 못 했네요. 장 뤽이라고 합니다."

장 뤽 씨가 명함을 건네자 각자 명함을 꺼내서 서로 주고받으며 생업을 소개했다. 그가 말을 이었다.

"아니, 나도 하릴없이 남 트집 잡는 사람은 아닙니다. 우리 집도 와인을 하는 집안인데, 세상에 양조를 한다는 사람이…"

말을 더 이으려는 찰나 아까 장 뤽 씨와 뜨거운 설전을 벌이던 이가 자리에 돌아왔다. 가벼운 벨 소리와 함께 심사가 시작되었다. 가끔은 청각장애가 있는 심사위원이 참여하기도 해서 벨 소리와 함께 파란 불빛이 켜지기도 한다. 그 불빛을 지그시 보고 있던 나는 어쩐지 좋지 않은 예감이 들었다.

프랑스에 산 지 어느덧 10년이 다 되어가다 보니 나에게도 촉이라는 게 생겼다. 내 시간을 잡아먹는 '빌런'을 알아보는 감각 말이다. 마트나 상점에서 피해야 할 계산대를 먼저 파악한다거나 저 사람 뒤에 줄 서면 안 된다는 예감이 생긴 것이다. 평소에는 그러려니 기다려 줄 수 있지만 바쁜 날이면 조금이라도 허비하는 시간을 아껴보려고 주변을 스캔하다 익힌 감각이다. 하지만 살다 보면 머리를 굴릴 시간도 없이 아무 줄이나 서야 할 때가 있다. 내가 선 줄에서 이동하자니 다른 줄이 길어 그저 가만히 있는 것이 최선인 날 말이다. 그날이 딱 그런 날이었다.

속도감 있게 진행하면 보통 두 시간 이내로 끝나는 와인 시음이, 시종일관 의견을 충돌하는 두 명 때문에 최소 세 시간은 넘길 것 같다는 예감이 들었다. 주최 측에서 배정한 테이블이라 다른 테이블로 옮기지도 못할 텐데, 뭐 이왕 이렇게 된 거 될 대로 되라는 마음이었다. 체념을 했다고 보는 것이 더 맞겠다. 아니나 다를까, 일곱 번째 와인 시음이 끝나자 장 뤽 씨의 목소리가 들렸다.

"잠깐만, 우리 여기서 끊고 서로 느낀 점 이야기해 보죠."

좀 전 장 뤽 씨와 설전을 벌였던, 마리옹 씨가 대답했다.

"너무 일러요. 와인이 총 스무 종이나 되는데, 열 종까지는 시음해 보고 끊어야죠."

나를 비롯한 나머지 사람들은 어깨를 으쓱하며 시선을 교환했다. 사실 지금 끊으나 세 잔 더 음미하고 끊으나 크게 상관은 없어 보였다. 사람들이 말을 보태지 않자 마리옹 씨가 덧붙였다.

"아니 흐름이 끊기잖아요. 열 종 시음해 보면 딱 절반인데. 그래야 레드 와인 심사도 너무 늦지 않게 시작하고요."

장 뤽 씨는 할 말이 있는 듯했으나 보태지 않았다. 나와 처음 인사를 나눴던, 직업이 약사인 소피 씨가 나섰다.

"그럼 뭐 다수결로 하죠. 지금 의견 교환을 했으면 좋겠다 싶으신 분들 손들어 보세요."

테이스팅을 할 레드 와인도 20종이나 남아서인지, 사

람들이 마리옹 씨의 의견에 더 손을 들어주었다. 다시 시음이 재개되었다. 열 번째 와인을 따르려고 보니 부쇼네Bouchonné(코르크 마개가 오염되어 와인의 본래 맛이 변질된 상태를 말함)가 의심되었다. 병에서 풍기는 냄새만으로도 확신할 수 있었지만, 주최 측에 한 번 더 확인을 요청했다. 변질된 와인을 따랐던 잔은 잔을 비운 후에도 오래 냄새가 남는다. 다행히 와인을 따르지는 않았기에 잔을 교체할 필요는 없었다. 주최 측에서는 새로운 와인을 가져다주었고, 병을 오픈하여 부쇼네가 아닌지 한 번 더 확인한 후 시음했다. 이게 열 번째 와인이었으니 지금까지 테이스팅을 한 와인에 대한 각자의 의견을 말할 차례였다. 웬일인지 소피 씨가 나섰다. 말수가 적어 보였는데 의외라고 생각했다.

"자, 우리 모두 동의하나요? 장 뤽 씨나 마리옹 씨 빼고 제3자가 먼저 의견 말하는 걸로 합시다."

몇몇 사람이 피식 웃었다. 나는 이런 상황에 웃지 않으려고 노력하며 고개를 숙이거나 입을 가리는데, 눈웃음 때문에 티가 나서 매번 민망하다. 마침 장 뤽 씨와 눈이 마주치는 바람에, 내가 먼저 시음 평을 말하겠다고 해버렸다.

"첫 번째로 나오는 와인은 주목을 덜 받는 경우가 많은데, 이번 와인은 잠재력이 좋은 와인입니다. 불빛 아래 반짝이는 정도도 적당하고, 영롱한 옐로우 골드 빛도 매력적입니다. 달콤한 과일 향과 꿀 향이 인상적이고 산미와 아로마의 조화도 훌륭합니다. 지금 바로 메달을 확정하기는 그렇고, 스무 번째까지 다 시음해 보고 한 번 더 시음해 봐야 최종 메달 점수를 매길 수 있을 것 같습니다."

다른 이들도 1번 와인에 대해서는 대부분 긍정적인 의견을 개시했다. 무난한 속도로 의견을 나누는가 싶었는데, 9번 와인에서 의견이 갈렸다. 장 뤽 씨는 매우 마음에 드는 모양이었다. 나도 개인적으로는 맛있다고 느꼈지만, 조금 마이너한 취향을 가진 사람이 좋아할 와인이라는 인상을 받았다. 주먹만 안 썼을 뿐이지 장 뤽 씨랑 말로 계속 펀치를 주고받던 마리옹 씨는 아니나 다를까, 동의하지 않았고 다른 몇몇 이들도 그녀의 의견에 힘을 실어주었다. 당연히 더 진도를 나가지 못하고 9번 와인에 대한 토론이 계속 이어졌는데, 문제는 그다음이었다.

서로 각자의 주장을 펼치다가 "허튼소리 그만하고 다시 시음해 보라고요!" 하고 실랑이를 벌이는 통에 장 뤽 씨가 마리옹 씨의 옷에 와인을 쏟아버린 것이다. 마리옹 씨는 하필 실크 소재의 블라우스를 입고 있었고, 헐레벌떡 일어나 주최 측 테이블에 가버렸다. 장 뤽 씨는 미처 사과하기도 전에 재빨리 움직이는 그녀의 행동에 넋을 잃은 듯 잠시 서있었고, 테이블에 함께 있던 우리 모두는 서로 옆 사람과 소곤거렸다.

"주최 측에 항의하러 간 거 아니야?"

"설마, 지금 테이블을 바꾸자 그러겠어요? 다른 테이블은 순서가 다를 텐데?"

"아니면 저 둘만 다른 테이블에 보내면 어때요? 일련번호에 맞춰서 시음하라고 하면 되잖아요."

장 뤽 씨는 주최 측 테이블에 가봐야 하나를 고민하는 듯 계속 그쪽을 바라봤지만 발걸음을 떼지는 않았다. 그렇게 30분 정도가 흘렀을까? 모두의 예상과는 달리 마리옹 씨는 의외로 웃는 얼굴로 돌아왔다. 주최 측 서버들이 입는 에이프런과 셔츠를 걸치고는 별일 없었다는 표정으로 마리옹 씨가 말했다.

"다들 오래 기다리셨나요? 저희 테이블에는 시간을 더 주신다고 했으니 마저 진행하시죠!"

장 뤽 씨가 입을 떼었다.

"저기… 일부러 그런 건 아닌데 실례했습니다."

"괜찮아요. 일하다 보면 와인이 옷에 튀는 거 하루 이틀도 아닌데요 뭐."

마리옹 씨가 너그럽게 화답했다. 기분 탓일까? 장 뤽 씨가 마리옹 씨를 보는 눈빛이 조금 달라진 것 같기도 했다.

잠깐의 해프닝 끝에 와인 시음이 재개되었다. 벌써 레드 와인을 심사하기 시작한 테이블도 있었다. 왜 나쁜 예감은 틀린 적이 없는 걸까? 우리 테이블이 제일 늦게 끝날 것 같다는 확신이 들었다. 그나마 나머지 화이트 와인 시음은 무난하게 진행되었고, 메달도 바로바로 표기했다. 조금 더 빠른 진행을 돕고자 소피 씨가 테이블마다 제출해야 하는 전체 시음 평을 대표로 받아 적었고, 필기하기 전에 구두로 한 번 더 확인해서 혹시 이의가 있는 사람이 없는지 체크했다. 소피 씨는 오늘 처음 만났지만 다음에 다른 시음장에서 또 만나고 싶은 사람이었다. 다른 사람들에게 폐 끼치는 것 없이 적당히 필요한 만큼 나서서 개성 강한 심사위원들을 리드하는 모습이 멋있었다.

레드 와인 시음으로 넘어갔을 때, 벽시계가 12시, 정오가 되었다는 사실을 알렸다. 우리 테이블은 화이트 와인 테이스팅에만 2시간 30분을 소요한 것이다. 내가 예상했던 대로 우리 테이블 외에 한 테이블만이 남아있었고, 그나마도 거의 심사가 끝나가는 분위기였다.

주최 측에서 준비한 식사를 먹고 가는 사람도 있고, 다른 일정이 있어서 먼저 떠나는 사람도 있어서 레드 와인 심사는 최대한 속전속결로 하기로 했다. 심지어 시음 평을 적으며 메달 후보군을 미리 정하기도 했다. 하지만 레드 중 두세 종이 골칫거리였다. 와인은 맛있지만 해당 아펠라시옹('Appellation d'Origine Contrôlée'의 준말로 AOC라고도 함. 농산품들이 생산되는 곳의 지형학적 특성들을 프랑스 정부가 인증하는 원산지 통제 명칭 제도로, 와인의 생산지를 뜻함)의 특성에 맞지 않다고 생각되는 와인이라는 의견이 팽배했고, 제법 설득력이 있었다. 아펠라시옹마다 와인의 특성이 있고 해당 아펠라시옹을 달고 있는 와인은 그 특성을 반영해야 하기 때문이다. 제주도만의 농경방식을 따라 제주도에서 생산한 감귤만 제주도산 감귤이라고 표시할 수 있는 권리가 있을 텐데, 다른 지역 감귤이 제주 감귤만큼 맛있다고 해서 제주도산이라고 표시해 줄 수 없는 것처럼 말이다. 그래도 와인 자체에는 좋은 점수를 줘야 한다는 사람, 지역 특성에 맞지 않으니 좋은 점수를 줄 수 없다는 사람들끼리 의견이 나뉘었다. 소득 없는 시간이 흘렀다. 다 같이 한두 번 더 시음한 후 점수를 매기기 곤란해하던 차에, 마리옹 씨가 말했다.

"은메달에 해당하는 점수를 주되, 메달 스티커는 붙이지 않고 옆의 비고란에 hors catégorie(카테고리에 속하지 않는 와인. 즉 등급 외 와인)라고 표기하면 어떨까요?"

좋은 아이디어라는 생각이 들었다. 해당 와인을 만든 생산자가 결과에 동의하지 않을 수는 있겠으나 적어도 기분이 상하지는 않겠구나 싶었다. 다들 동의하는 눈치였고, 마리옹 씨의 의견에 따라 두세 가지의 와인을 'hors catégorie'로 표시한 후 소피 씨가 내용을 정리했다. 남은 메달 스티커를 점수에 따라 붙이고, 모든 심사위원이 평가지의 마지막 장에 서명을 함으로써 오늘의 심사가 드디어 끝났다. 총 네 시간 걸린 셈이다. 놀랄 것도 없이 우리가 가장 마지막 테이블이었고, 주최 측 직원이 와서 심사 평가지를 수거해 갔다.

이제 마지막 심사 결과 발표만 남았다. 블라인드 테이스팅이니만큼 검은색 천으로 가려져 있던 와인을 걷어 어느 와인이 메달을 땄는지, 심사위원 본인이 가장 마음에 들었던 와인은 어느 생산자가 만든 것인지 각자 확인하는 과정이다. 처음부터 오늘 일정이 좀 촉박하다고 했던 두 사람이 양해를 구하고 먼저 자리를 떴고, 나머지 사람들끼리 커버를 벗기며 결과를 확인했다. 내가 최고점을 주었던 와인은 오늘 은메달을 받았고, 알프스 근처의 와이너리에서 만들어진 것이었다. 다음에 이 생산자의 다른 와인을 마셔볼 생각으로 라벨 사진을 찍었다. 병만 찍자니 뭔가 아쉬워 고개를 들고 새 잔을 찾는데, 맞은편에 있던 장 뤽 씨와 마리옹 씨가 보이지 않았다. '바빠서 인사도 안 하고 가셨나?' 생각하고 있는데, 소피 씨가 무미건조한 표정으로 답을 주었다.

"눈빛 교환하더니 금세 사라지던데요."

피식 웃음이 나왔다. 프랑스에서는 고속도로에서 교통체증이 심해지면 휴게소의 콘돔이 가장 먼저 동이 난다는 우스갯소리를 들은 적이 있다. 도로에서 한참 동안 언성 높이며 싸우던 앞뒤 차주가 갑자기 눈이 맞아서 사라지기도 한다고 말이다. 그렇게나 여러 번 충돌한 끝에 합의점을 찾는 것조차 너무 프랑스 와인 같다는 생각이 들었다. 몇 세대에 걸쳐 와인 양조를 계승해 온 유명 와이너리도 가족 간의 불화 끝에 맛이 평년과 다른 와인을 내놓아

혹평을 듣기도 하고, 결국은 화해한 후에 기존과는 색다른 방식으로 빚은 와인을 선보이며 "역시 명성이 헛되지 않았다"라는 찬사를 받기도 한다. 그뿐인가? 전통 방식을 고집하는 와인메이커가 최첨단 와인 생산 설비를 전면 거부하다가 결국은 어느 정도는 마음을 열고 기술의 덕을 보았더니 평년보다 훨씬 더 나은 빈티지Vintage(그 해에 수확한 포도만으로 만든 와인)가 나오는 경우도 있다고 들었다. 하기야, 두 입장이 팽팽하게 맞서며 마찰만 일으키는 것 같다가도 합의점을 찾는 순간 마치 이보다 더 나은 하모니는 없다는 듯이 훌륭한 조화를 보여주는 것이 와인의 매력 아닌가.

4년 차 무기력한 직장인이 발견한 와인의 효능

―귀하가 우리 대학교 MBA 과정에 최종 합격하셨음을 알려드립니다.

고대하던 소식을 막상 받아보니 마냥 기쁘지만은 않은 경험을 한 사람은 얼마나 있을까?

유난히 발걸음이 무거운 출근길이었을 거다. 회사에서 하는 일이 더 이상 즐겁지가 않고, 여기선 내 미래가 보이지 않는다는 결론이 섰던 것 같다. 프랑스라는 낯선 나라에 살고 있건만, 새로움과 활기보다 무기력한 느낌에 일상을 지배당한 기분이었다.

도대체 왜 이러는 걸까? 나의 지난 몇 년을 돌이켜 보왔다. 한국에 살 때는 해외 거래처와 본사 사이에서의 커뮤니케이션 업무를 담당했다. 그만큼 해외 출장도 잦고 업무 강도도 높았다. 일 자체는 너무 재미있었지만 개인 시간이 많지는 않았다. 아예 해외로 파견을 나가서 몇 달 근무하고 온 적도 있었다. 그러다가 안식년 삼아 조금 쉬고 싶기도 하고, 마침 다른 외국어를 하나 더 배우면 좋을 것 같아서 프랑스로 온 것이었다. 새 언어를 배우는 것만으로도 즐겁던 어학연수는 학창 시절 방학처럼 순식간에 끝이 났고, 못내 아쉬움이 남았다. 프랑스에서 더 살아보고 싶었던 마음에 취직을 준비하던 내게 합격의 기쁨을 알게 해준 곳이 지금의 직장이었다.

'재직한 지 4년차가 되었으니 매너리즘이 온 걸까? 회사를 관둘 때가 되었나? 여길 관둔다면 뭘 하면 좋을까?'

같은 분야 내 다른 회사로 이직하자니 현 직장과 큰 차이가 없을 것 같았다.

'그렇다면 일을 잠시 쉬고 공부를 해볼까?'

이제 와서 완전 새로운 분야에 도전하자니, 나이를 먹어 굳어진 내 머리로 과연 잘할 수 있을지 걱정이 되었다. 하지만 손 놓고 불평만 하는 것보다는 뭔가 다른 시도를 해보고 싶었다. 그래서 어느 정도 직장 생활을 한 사람이라면 누구나 한 번쯤 생각한다는 MBA를 지원한 것이다. 서류에 합격했고, 면접도 본 다음 이제 최종 합격했다는 소식을 들었으니 이제 입학금만 보내면 되는 상태였다. 지긋지긋하다고 생각했던 회사에 드디어 사표를 던질 시기가 온 것이다.

하지만 어쩐지 확신이 서지 않았다. MBA 코스를 밟았던 친구들에게 연락해 조언을 구해보았으나, 각자의 사정이 달라서 나에게 큰 도움은 되지 않았다. MBA 과정을 마친 것 자체는 이력서에 쓸 수 있어서 좋은데, 그 덕에 무엇을 할 수 있었는지는 잘 모르겠다는 의견이 다수였다. 다니던 회사에서 연봉 협상을 할 때나 승진 심사에 유리했다는 친구가 있기는 했다. 난 현재 직장에서 마음이 떠난 상태라 참고할 만한 조언은 아니었다.

해마다 그렇게 쏟아져 나오는 MBA 수료자들은 지금 뭐 하고 있을까? 공부가 아니라 이직을 하는 게 나은 거 아닐까? MBA가 정말 나에게 최선일까? 고민에 휩싸인 채로 쉬는 날에도 집에서 박혀있었는데, 친구가 바람이나 쐬고 오자며 차 키를 흔들었다. 그래, 나가서 광합성도 좀 하고 신선한 공기도 마시고 하면 두뇌회전에 도움이 될지도 몰라 생각하며 친구를 따라 나섰다. 프로방스의 풍경이 가장 예쁘다는 6월이었던 것이 아직도 기억이 난다. 라벤더와 해바라기가 정겹게 어울려 피는 풍경을 감상하자며 일부러 국도를 타고 달렸다. 무슨 맛인지 알고 있지만 또 먹어도 맛있다고 극찬하는 음식처럼, 예쁜 줄 알고 있지만 매번 실제로 볼 때마다 감탄사를 멈추지 못하는 프로방스만의 여름 풍경 아닌가. 아니나 다를까. 이 경치에 반한 사람은 우리뿐만이 아니었는지 너도나도 차를 세우고 사진을 찍어대고 있었다.

"사진을 발로 찍냐? 어떻게 초점 하나 못 맞춰?"

"야, 잠깐 풍경에 취해서 그래. 사실 저건 카메라에 못 담아, 눈으로 담아야지."

수동 카메라를 여러 대 가지고 있을 만큼 촬영에 일가견이 있는 친구는 이렇게 대꾸하면서도, 베스트 샷을 찍고 말겠다며 삼각대를 가져와 세팅하기 시작했다.

친구가 촬영을 준비하는 동안 주변 풍경을 둘러보았다. 작은 사각형을 통해서 보는 풍경보다 역시 실물이 압도적이었다. 짙은 보랏빛을 뿜어내는 프로방스의 라벤더와 쨍한 노란 빛을 뿜어대는 해바라기의 조화를 보고 있자니 화가들이 왜 그렇게들 프로방스에 와서 몇 달을 머무르며 그림을 그렸는지 알 것 같았다. 이토록 황홀한 풍경을 캔버스에 담아내고 싶었을 화가들의 마음을 어렴풋이나마 짐작할 수 있었다. 그땐 개인 휴대용 카메라도 없었을 시대 아닌가. 몇 장이고 그리고 또 그려서 간직하고 싶었을 것이다. 그림에 문외한인 나조차도 그림을 그리고 싶다는 충동이 들 정도로 아름다운 풍경이었다.

그렇게 한참 시간을 보냈더니 슬슬 목도 마르고 지치기 시작했다. 친구에게 이제 가까운 마을의 카페에 가서 좀 쉬자고 하려던 차에 나의 눈이 근처 포도밭에 꽂혔다. 라벤더랑 해바라기만 보느라 몰랐는데 포도밭도 꽤 넓게 펼쳐져 있었다. 이제 막 송이를 영글기 시작한 포도나무들이 덩굴 줄기를 쭉쭉 뻗어내는 모습이 너무도 인상적이었다. 주변에 핀 들꽃도 너무 아름다워서, 나는 이 순간을 놓칠 수 없다는 생각에 더 가까이 가서 보고 싶었다.

"나 잠깐 저기 좀 갔다 올게."

친구에게 말하고는 카메라를 들고 이동했다. 줌을 조금 당기면서 보니, 넓게 펼쳐진 포도밭 한가운데 적어도 몇 세기는 묵은 것 같은 와이너리 건물이 위용을 자랑하고 있었다. 바로 눈앞에는, 이제 포도송이를 맺기 시작한 포도나무들이 가득했다. 포도송이를 이렇게 가까이 보는 것은 그때가 처음이었다. 줌을 당겨 확대한 포도 알을 촬영하면서 몇 달 뒤에는 이 포도들이 온전히 익고 나면 맛있는 와인으로 변하겠구나 하는 생각이 들었다. 그 순간, 정말 뜬금없게도 와인을 배워볼까 하는 생각 한 줄기가 번뜩 머릿속을 스쳐 지나갔다.

요 며칠 나를 괴롭히던 고민이 좀 더 명확하게 보였다. 직장을 그만두고 새로 공부를 한다면 경영을 전공하는 편이 가장 무난할 것 같다는 생각에 MBA를 선택했다. 하지만 정작 나에게 뚜렷한 목표도 없고, 경영을 전공한 누구나 혹은 아무나 무난하게 선택하는 길이라 합격 소식도 달갑지 않았다. 포도밭에 가서 사진을 찍다 보니, 마침 와인으로 유명한 나라에 살고 있는 김에 와인으로 MBA를 밟아보면 어떨까 하는 생각을 해본 것이다.

'그런데 가능한 일일까? 나는 마셔보기만 했을 뿐, 와인 분야는 전혀 아는 것이 없는데?'

그래도 무력한 일상 속에 찾아든 터무니없는 생각이 너무도 반가웠다. 모처럼 들뜬 마음을 안고 나는 집에 돌아오자마자 인터넷으로 검색을 시작했다.

과연 와인으로 유명한 나라답게 프랑스에는 수많은 와인 교육기관이 있었다. 와인 전문가를 양성하는 국립대학교만 해도 세 군데나 있었다. 간단한 와인 시음을 배우는 3일 집중 과정에서부터 소믈리에를 양성하는 3개월 단기 과정, 국제 와인 마케팅 및 경영 학위 과정까지 다양한 교육과정을 겸비한 국립 교육기관들이었다. 인연이 닿을 운명이었는지, 그중 한곳은 내가 살고 있는 도시에서 그다지 멀지 않은 곳에 있었다. 쉬는 날 학교를 찾아가 입시요강 및 필요한 자료를 받아오려고 주소를 적어두었다.

다음 날 직장을 향하는 출근길이 이상하게도 활기가 넘쳤다. 업무에도 별안간 의욕이 솟았다. 관둘 때 관두더라도 입사했던 당시처럼 열심히 일해보고 싶은 마음마저 들었다. 이제 정말 여기를 관둬도 되는 마땅한 이유를 찾았다는 생각이 들어서인지도 모르겠다. 이곳을 떠나면 다시 안 봐도 되는 사이라고 생각하니 평소에 나를 애먹이던 동료한테도 한층 너그러워졌다.

학교에 가서 상담을 해보니 1차는 서류 전형이고, 2차 면접에서는 자기소개뿐 아니라 졸업 후 와인 분야에서 어떻게 일할 건지에 대한 비즈니스 플랜도 준비해야 한다고 했다. 술 자체는 좋아하고 잘 마시는 편이었지만, 와인은 탄산이 있는지 없는지, 그리고 무슨 색깔인지 말고는 구분할 방도가 없었던 내게는 정말로 막막한 일이었다. 잘 모를수록 일단 부딪쳐 봐야 한다고 생각해 발걸음을 마트로 향했다. 비싸지 않은 와인을 몇 병 사서 마셔보고 라벨에 붙은 설명서도 읽어본 다음, 마치 앞에 고객이 있기라도 한 것처럼 이 와인을 홍보하고 파는 연습을 해보았다. 마침 혼자 있었기 망정이지, 너무 부끄럽고 손발이 오그라들어서 어디 숨고 싶은 심정이었다.

말로 연습하다가 지치면 만화 《신의 물방울》에서 본 것처럼 디켄팅 해서 와인을 따르는 연습을 해보았다. 물론 당시엔 집에 디켄터가 있었을 리 만무하니 큰 물병과 와인글라스를 사용했다. 연습은 뻔뻔하게 했지만 마감 날짜가 다가올수록 초조했다. 면접보다는 그나마 서류 전형에 대한 걱정을 덜 했던 것 같다. 등기 우편으로 서류를 보낸 다음 확인차 학교에 전화를 했다. 현재까지 받은 지원서만 800통이 넘는다는 관계자의 이야기를 듣고, 웬만한 MBA보다 높은 경쟁률에 깜짝 놀랐다. 과연 나에게도 승산이 있을까 걱정이 안 되는 것은 아니었지만, 서류 결과가 나올 때까지는 잊고 살기로 결심했다. 마치 수능시험을 보고 온 입시생처럼 마음은 콩밭에 가있으면서도, 잘 되면 곧 졸업해서 여길 떠날 수 있다는 희망이 생겨서 좋았다. 합격한다는 확신도 없었고 떨어지면 오도가도 못할 처지이면서도, 왜 그렇게 장밋빛 미래를 그렸던 것일까? 그건 순전히 꿈이 지닌 효능이었다. 갑자기 생긴 이 꿈이 무기력하고 지루한 내 일상에 활력소가 되어준 게 아닐까 싶다.

와인과 함께
울며 웃으며 부대끼기

서류 전형 심사에 합격하였으니 면접을 보러 오라는 연락이 왔다. 마음 졸이며 기다린 보람이 있었다. 면접 가능한 시간대를 선택할 수 있어 오전에 근무가 없는 날을 골라 학교로 갔다. 마을 입구에서부터 잘 보이는 웅장한 규모의 샤토château(사전적으로 '성', '대저택'의 뜻이 있고 포도밭이 있는 와인 양조장을 의미하기도 함)가 시선을 강탈했다. 11세기에 지어진 샤토를 와인 대학교 본관으로 사용하고 있었던 것이다. 샤토의 위엄에 눌려서인지 갑자기 불안하고 긴장되기 시작했다. 제대로 걷기가 힘들 정도로 다리가 떨렸는데, 나선형 계단을 올라가 면접 대기실에 도착하고 나니 오히려 아무 생각이 들지 않고 머릿속이 텅 빈 느낌이었다. 좁고 가파른 계단을 올라오느라 너무 숨이 찼던지라 다른 생각을 미처 할 틈이 없었던 것 같다.

'서류 심사에 합격했다는 건 면접관들도 내가 외국인이라는 걸 알고 일단 관심이 있다는 거야. 프랑스 사람들이 그렇게나 좋아하는 문화 다양성을 실현하기 위해서라도 날 뽑을 거야. 안 뽑을 거면 왜 불렀겠어. 무턱대고 프랑스에 온 지 1년 반 만에 정규직에 취업한 나야. 자신감을 갖자. 오늘 내가 평가당한다고 생각하지 말고 내가 저 사람들을 평가하러 왔다고 생각해 버리자.'

떨리는 마음을 다잡기 위해 필사적으로 온갖 자의식을 끌어 모았다. 내 순서가 되어 면접장에 들어가 보니, 예상과 다르게 분위기가 편안했다. 나는 외국인이라는 사실이 핸디캡이 될 거라 생각했는데, 면접관들 입장에선 다른 학생들에 비해 나이가 많은 것이 염려가 된 모양이었다.

"이력서를 보니 한국에서도 직장 생활을 하다가 왔고 현재 프랑스에서 직장도 다니고 있는데, 이번에 지원자들은 와인 고등학교를 졸업한 친구들이거나 학부를 마치고 바로 이어서 공부하는 학생들이 대부분입니다. 20대 초반 친구들이 상당히 많아요. 어릴 때부터 와인을 가업으로 삼은 집안에서 자라 나이는 어려도 와인을 제법 많이 아는 친구들도 있을 거예요. 같이 어울려서 공부하는 데 불편한 점이 없을까요?"

나는 대답했다.

"한국어에는 존댓말과 반말이 있고, 나이에 따른 호칭도 나뉩니다. 프랑스어에도 존댓말과 반말의 개념이 있긴 하지만 한국어와 많이 다르고, 어차피 동기들과는 말을 놓을 테니 나이차가 크게 느껴지지 않을 것 같습니다. 저는 다만 외국인 친구가 없을까 봐, 사실 그게 더 걱정됩니다. 혹시 저 말고 다른 외국인 학생이 없는 건 아니겠죠?"

"우리 학교의 와인 국제 마케팅에 지원해 주는 분들의 국적은 늘 다양합니다. 아마 이번에도 여러 국적의 합격자가 나올 거예요. 혹시 영어를 구사하는 게 더 편하다면 다른 외국인 친구들을 사귀는 재미도 있을 겁니다."

당시 다니던 직장에서 홀로 외국인이자 동양인이어서 사소한 걸로도 주목을 받는 것이 불편했던 나는 이 말을 듣고 안심이 되었다. 이 학교를 다니게 되면 보다 다양한 국적의 친구들을 만날 수 있다니 드디어 나도 여러 외국인 중 한 명으로 익명의 혜택을 좀 누릴 수 있겠다 싶었다. 외국인이기 때문에 쏟아지는 관심은 기분 좋을 때도 있었지만 원하지 않는 순간도 있었기에, 그저 수많은 군중 속 한 명이 되는 기분이 얼마나 그리웠는지 모른다.

스몰토크가 마무리되고, 졸업 후 진로에 대한 본격적인 질문이 쏟아졌다. 어느 면접관은 와인 분야에서 일한다면 어떤 직업을 갖고 싶은지 구체적인 계획을 물었다. 나는 말로만 설명하는 것보다 직접 보여드리고 싶다면서 시간을 5분만 달라고 했다. 그리고 준비해 온 와인 병을 가방에서 꺼내 라벨이 보이도록 테이블 위에 올려놓고, 면접관들에게는 해당 와인을 만든 회사에 대한 요약 자료를 나눠 주었다.

"짐작하시겠지만 저는 이 와인을 마셔봤습니다. 가격 대비 마음에 드는 와인입니다. 그래서 이 와인을 수출한다는 가정을 해보았습니다. 와인 자체는 스토리텔링 할 것도 많고 맛도 괜찮은데 라벨이 문제입니다. 해외시장에서는 소비자들이 와인을 마셔보고 사는 경우가 드뭅니다. 첫 인상이 되는 라벨 이미지가 중요하죠. 라벨 디자인이 우선 소비자의 시선을 한눈에 사로잡아야 하는데, 이 와인은 그렇지가 않습니다. 마침 제가 준비한 시안이 있습니다."

나는 간단하게 준비한 모던한 라벨을 셀로판테이프로 와인 병에 덧붙였다.

면접관들의 눈을 마주하며 말을 이어가는 동안 그들의 표정을 보고 확신이 들었다. 면접장을 실제 마케팅 현장처럼 여기고 준비해 온 것들이 통했구나 싶은 느낌이 들었다.

"와인도 맛보여 드리고 싶지만, 이곳은 문화유산으로 지정된 샤토여서 취식이 불가능합니다. 원하시면 샘플은 나중에 댁으로 보내드리겠습니다."

사라진 자신감도 어느새 마음속에 자리 잡아, 나는 호기롭게 너스레를 떨며 설명을 매듭지었다. 지원서에 기재되어 있던 '샤토 내의 모든 공간이 유네스코 문화유산으로 등록되어 면접 대기실에서조차 물을 제외한 다른 음료는 마시면 안 된다'는 규정을 떠올리며 임기응변을 부려본 것이다.

나중에 알게 된 사실이지만, 이렇듯 시뮬레이션을 준비해 온 사람은 나 혼자였다고 한다. 그 효과를 본 것인지 나는 장학금까지 받고 입학하게 되었다. 직장 또한 한결 가벼운 마음으로 정리할 수 있었다.

사직서를 제출하던 날, 대표의 사무실에서 나오는데 동

료 하나가 장난스럽게 "설마 사표 낸 거야?"라고 물었고 나는 "응" 하고 대답했다. 농담이나 주고받자고 생각했던 동료는 내 진지한 낯빛을 보고 깜짝 놀랐다. 이 소식은 다른 동료들에게도 퍼져나갔다.

좋은 일로 관두는 거니 잘되었다며 축하를 해주는 동료도 있었고, 아니 어쩜 그렇게 감쪽같이 속였냐고 원망을 하는 동료도 있었다. 고마운 마음과 미안한 마음이 교차했다. 나쁜 의도로 속인 건 아니었지만 항변할 수는 없는 처지였다. 와인 대학교 입시를 준비할 때 대표님에게는 미리 귀띔을 했지만 동료들에게는 전혀 티를 낼 수가 없었던 것이다. 대표님께서도 내심 내가 티 내지 않기를 바랐던 것 같았다. 합격을 장담할 수도 없던 상황이라 나로선 더더욱 말을 꺼내기가 어려웠다.

하지만 다시 그 시절 그 때로 돌아간다고 해도 나는 똑같이 행동할 것 같다. 동료들에게 와인 대학교에 들어갈 준비를 하고 있다고 하면 아마 '저 사람은 어떻게든 회사를 떠나고 싶어 하는구나' 하는 인식을 줄 것 같아서이다. 나와는 달리 이곳에서 만족하며 일하는 사람들의 사기를 떨어트리고 싶지는 않았다.

실제로 매일 투덜거리는 동료가 있었다. 입사한 지 10년

차 되는 그가 늘 입에 달고 다니는 말은 "어휴, 일하기 싫어. 때려치우든지 해야지"였다. 솔직히 그의 불평을 들을 때마다 나도 마음이 가라앉고 의욕이 떨어지는 느낌이었다.

'저렇게 싫으면 일을 관두지 왜 맨날 투덜대는 걸까? 다른 사람까지 기운 빠지게 하고'라는 생각을 하기도 했고, 또 한편으로는 불만을 느끼는 것에 어느 정도 공감했다. 사실 나도 이곳에서 성실하게 일해왔지만, 출근하기 싫은 날이 훨씬 더 많았다. 처음 입사를 했을 때는 분명 너무 기쁘고 뿌듯했는데 그 기쁨이 그리 오래가지는 않았다. 아무래도 일을 하며 느끼는 재미와 보람보다 먹고살기 위한 경제활동에 대한 의미가 크다 보니 시간이 갈수록 하루하루가 버거웠다. 한국에 살 때 하던 일과 비교해 업무 자체의 재미와 보람이 없다는 것이 가장 큰 불만이었다. 정작 한국에서 일할 때는 업무 강도가 높아서 쉬고 싶었던 마음이 컸는데도 말이다.

마지막으로 출근하던 날, 정말 가벼운 발걸음으로 회사를 향하던 기억이 난다. 꿈을 안고 이곳을 떠난다는 사실도 좋았고, 와인과 부대끼며 울고 웃을 앞으로의 날들이 기대됐다. 퇴근길은 정말이지 넓게 펼쳐진 포도밭 하늘 위의 구름을 걷는 기분이었다.

타이밍
이즈 나우

어린 시절을 돌이켜 보면 나는 학교에 가고 싶은 날보다 가기 싫은 날이 훨씬 더 많았다. 그렇다고 내가 학교에서 문제를 일으키거나 말썽을 피운 것은 아니었다. 무엇보다 학교에 가면 따라야 하는 규칙들이 셀 수 없이 많다는 사실이 끔찍했다.

정말 사소하게는 등교 시간이 정해진 것부터가 싫었다. 아침잠이 많은 나에게 8시까지 교실에 도착해야 하는 규칙은 몹시 마음에 들지 않았다. 어차피 아침에 일찍 가봐야 출석을 확인하고 자습을 하는데, 굳이 그 자리에 있어야 하는 건지 그 이유를 알 수 없었다. 하지만 불만만 품고 있을 뿐 문제를 제기한 적도, 등교 시간을 어기려고 한 적도 없었다. 어쩌다 잔병치레가 있어 결석을 하게 되면 몸이 아픈 것도 잊은 채 학교를 안 가도 된다는 생각에 마냥 좋아했다.

답답한 건 등교 시간뿐만이 아니었다. 수업 시간에는 무조건 칠판을 바라봐야 한다는 사실 또한 원체 산만한 나로서는 이해할 수 없었다. 집중력을 유지하는 시간이 짧아 나는 선생님의 말을 듣다가도 창밖 먼 산을 바라보거나 공책 한 켠에 낙서를 끄적거리거나 공상을 즐기는 일이 잦았다. 그러다가 선생님께 몇 번 들킨 후로는 요주의 대상이 되었다. 혼이 난다고 해서 내가 달라지는 건 없는데, 왜 똑같은 잔소리를 들어야 하는지 의문이었다.

꾸중을 들을수록 꾀를 부렸다. 최대한 티가 덜 나도록 딴짓을 했다. 또한 수업 시간에 갑작스러운 선생님의 질문을 대비해 쉬는 시간에 진도에 맞춰 책을 읽어두었다. 돌아보면 언제부터 이렇듯 엉뚱한 성향을 갖추게 되었는지 모르겠다. 40분이나 되는 수업 시간 동안 나 혼자만의 세계에 빠져있어야 하는 일이 나에게 왜 중요했을까? 보통 학생들과 달리 눈빛이 풀려있거나 멍한 표정의 나는 아마 선생님의 눈에 잘 띄었을 것이다. 하지만 심증이 가득 담긴 질문을 받아도 쉬는 시간에 준비한 덕에 이겨낼 수 있어 뿌듯했다. 묘하게 짜릿하기도 했다. 그래도 선생님들의 눈에는 뭔가 거슬렸는지 나의 초등학교 학생기록부에는 '산만하고 주의집중력이 부족하다'고 적혀있다.

초등학교 이후 중학교, 고등학교로 진학할수록 대체 왜 지켜야 하는지 의문이 가는 규칙들이 점점 늘어났다. 머리 길이가 귀밑 몇 센티미터를 넘으면 안 되는 것을 시작으로, 하복을 입을 때는 민소매로 된 속옷을 브라 위에 덧입어야 하는데 이때 일자 끈으로 된 민소매 속옷은 착용하면 안 되는 규칙, 구두는 검정색이어야 하며 양말은 검은색이나 흰색만 착용 가능하다거나 운동화 착용은 토요일만 가능하다는 규칙들이 빼곡하게 적혀있는 종이를 중학교 입학식 때 받은 기억이 난다.

등하교 시간을 제외하고는, 대체 왜 지켜야 하는지 알 수 없는 규칙들이 더 많았다. 멀리서 봐도 '저 아이는 어느 중학교에 다니는 애구나' 하고 알아볼 수 있는 것이 규칙의 목적이 아닌가 싶을 정도였다. 색깔이 알록달록한 양말을 좋아했던 나는, 등교 첫날 무채색 양말이 없어서 아빠 양말을 빌려 신고 갔다. 엄마의 성화에 못 이겨 신기는 했지만 설마 양말 색상까지 확인할까 싶었는데, 교문에서 선생님 한 분이 서슬 퍼런 눈빛으로 학생들의 복장을 검열하고 있었다. 그 선생님의 눈에 정상적인 복장과 외모를 갖추지 못한 아이들은 한쪽에 물러나 서있었다. 몇몇 선생님은 혀를 차며 그 아이들을 지나갔다. 저 정도 규칙을 지키지 못했다고 교실로 가지 못하고 밖에 서있어야 하는 아이들의 모습은 내 눈에는 너무도 낯선 풍경이었다.

초등학교를 마치면 중학교로, 중학교를 졸업하면 고등학교에 진학하는 것은 우리나라에서 청소년기에 겪는 당연한 수순이다. 프랑스에서도 우리나라와 크게 다를 것이 없다. 인생의 단계에서 지금이 아니라 나중에 하면 너무 늦는다고 여겨지는 순위들이 존재한다. 소위 '정상성 수행'이라는 것이 프랑스라는 나라에서도 존재한다는 사실이 신기했다. 몇 살까지는 공부를 해야 하고, 그 이후 전문학위에 매진하거나 혹은 취업을 준비해야 한다는 관념, 그래야 너무 늦지 않게 가정을 꾸릴 수 있다고 생각하는 건 우리와 크게 다를 것이 없었다.

하지만 누군가의 인생을 바라보는 시선은 달랐다. '정상성 수행'에 대한 평가에서 개인이 느끼는 부담의 정도는 굉장한 차이가 있었다. 자녀가 어떤 결정을 내리기 전에, 부모나 어른들이 본인의 견해를 이야기하는 건 프랑스나 우리나라나 비슷했다. 다만 아무리 부모의 의견이라 해도, 말해주는 사람이나 듣는 사람이나 그건 어디까지나 타인의 생각이라고 여긴다. 어떤 일에 대한 최종 결정과 판단은 본인이 내려야 하고, 그에 따른 책임도 본인이 짊어져야 한다.

프랑스의 부모가 어린아이를 대하는 모습을 보면 이러한 태도가 잘 드러난다. 가령 장난감을 고를 때 충분히 아이가 살펴보고 선택할 때까지 기다려 줬다가 "이건 네가 고른 거야. 계산하고 포장지를 찢고 나서는 맘에 안 든다고 바꿀 순 없어"라는 말을 덧붙인다. 아이가 변덕을 부려도 요지부동이다. 아이를 타이르면서 선택과 책임의 중요성을 일깨워 준다. "네가 선택한 걸 다시 돌이킬 수는 없어. 형이 고른 게 더 좋아 보여도 형이 너한테 양보해 줄 의무는 없어. 다른 사람한테 그런 걸 바라면 안 돼. 다음에는 네가 더 신중하게 고민하고 결정해 보자."

만약 우리나라에서 이런 일이 벌어졌다면 부모들은 어떻게 행동할까? 아이가 떼를 쓰면 우선 조금이라도 빨리 이 상황을 모면할 수 있는 방법을 찾을 것이다. 보채는 아이보다 한두 살이라도 많은 형이나 누나가 양보를 해주도록 유도하기도 한다. 오히려 형 혹은 누나가 양보하기를 거부하면 잔소리를 듣게 될 것이다. 이 또한 한국에서의 정상성 수행이다.

타인의 의견과 자신의 의견을 철저하게 분리해서 받아들이는 태도는 와인 콩쿠르에서도 종종 볼 수 있다. 콩쿠르에 자신의 와인을 출품한다는 건, 심사하는 전문가들의 평가를 받고 의견을 들어보겠다는 뜻이 아니겠는가? 프랑스에서는 꼭 그렇지만은 않다.

"심사위원들의 의견은 어디까지나 의견일 뿐, 절대적일 수 없죠. 내 와인은 내가 잘 알아요. 소위 전문가라는 사람들이 내 와인에 대해 어떻게 생각하는지 궁금해서 출품한 거예요."

이러한 태도로 콩쿠르에 와인을 출품한 와인메이커가 제법 된다는 놀라운 사실을 나는 나중에서야 알게 되었다. 어느 와인메이커는 본인의 와인이 아직 더 숙성이 필요하다고 판단해서 1년을 묵힌 뒤 콩쿠르에 내보낸 건데, 심사위원들에게서 마실 시기가 조금 지난 것 같다는 평가를 받았다고 한다. 그는 결과를 받아 들고 주눅 들기는커

넝 '심사위원들이 뭘 모르네' 하면서 개의치 않아 했다. 마시기엔 아직 이르다 싶지만 전문가 의견이나 들어보자는 생각에서 콩쿠르에 출품했다가, 의외로 신선하고 색다르다는 평가와 함께 좋은 점수를 받는 와인도 있다. 그렇다고 그 와인메이커가 마냥 기뻐하지만은 않았다. "좋게 평가해 주시니 감사하지만, 내 와인이 과연 이 점수를 받을 자격이 있는지는 좀 더 지켜보겠습니다"라며 신중한 태도를 보였다. 심사위원이든 아니든 어쨌든 타인의 의견을 절대적인 기준으로 삼지 않고, 결과는 그 누구도 아닌 내가 책임져야 하기에 최종 판단은 자신이 해야 한다는 것이 프랑스 사람들의 기본적인 상식이다.

그러한 프랑스 사회의 특성을 알아가면서, 한국에서 살 때 봤던 외국영화의 한 장면을 떠올렸다. 불합격 통지를 받은 어느 학생이 "당신들이 뭘 알아! 뭘 안다고 내 작품을 판단해!"라며 소리를 지르는데, 이런 상황은 영화에서 과장된 것이 아니라 프랑스에서 충분히 벌어질 수 있는 일이었다. 주변 사람들의 반응, 평가에 나도 모르게 신경을 쓰며 살아온 나에겐 생소하면서도 신선해 보였다. 본인에 대한 확신이 단단하다는 건, 다른 관점에서 보면 타인에게 자신의 의견을 무리하게 강요하지 않는다는 뜻이기도 하다. “어디까지 참고만 해”라는 선에서 의견을 전달한 것이어서 상대방이 동의하지 않거나 반발하더라도 ‘쿨’하게 받아준다. 누군가의 고민에 관심을 보이고 자기 의견을 자유롭게 이야기하지만, 끈끈하지 않은 깔끔한 오지랖이라고 할까?

사실 백해무익한 조언도 있고, 정말 적절한 때에 도움이 되는 조언도 있다. 하지만 듣는 사람의 관점에서 보면 수많은 타인의 의견 중 하나가 될 뿐이다. 나중에 누군가의 의견이 그 당시 자신에게 굉장히 필요한 조언이었다고 깨닫게 되더라도, 프랑스 사람들은 스스로 판단하고 결정내린 것에 대해 후회하지 않는 태도를 보인다.

어린 시절부터 남들과는 다른 방식으로 살아가게 되면 타인과 뚜렷하게 구분이 되고, 그만큼 색다른 시선을 받게 된다. 프랑스에서도, 한국에서도 마찬가지다. 다만 한국에서는 예전과 많이 달라졌지만 ‘정상’과 ‘비정상’의 기준으로 평가하는 경향이 강하다. 평범하지 않은 방식으로 세상을 살아가더라도, 그 선택이 타인이 보기에 납득할 수 없다 하더라도, 남에게 피해를 입히고 사회에 악영향을 끼치지 않는 한 누군가를 그렇게 판단할 권리는 없다.

"인생은 타이밍"이라는 유명한 말이 있다. 내가 생각하는 타이밍이 있고, 다른 누군가가 생각하는 타이밍이 있다. 각자의 타이밍은 다를 가능성이 당연히 클 수밖에 없다. 내 인생의 타이밍은 내가 정해야 한다. 늦은 나이에 다시 와인을 배우고 새로운 인생을 꿈꾸는 내 타이밍을 결정하고, 그 결과를 받아들이고 성장해 나가야 할 사람은 결국 나밖에 없으니까 말이다.

2장

나를 키운 건 팔 할이 와이너리

야생동물들의 신입 직원 군기 잡기

와이너리에 근무하던 시절, 나는 가장 먼저 출근하는 직원이었다. 일찍 도착해서 그날 할 일을 점검하는 것도 좋았지만, 아직 안개가 걷히지 않은 와이너리와 포도밭을 바라보는 것이 너무도 좋았다. '신비로운'이라는 단어도 왠지 아쉬울 정도로 그 풍경은 너무도 아름다웠다. 날씨가 좋은 날에는 아침 햇살을 잔뜩 쬐고 있는 포도밭 사잇길을 거니는 것도 좋아했다. 싱그럽게 익어가는 청포도가 햇빛을 받아 반짝거리는 그 모습은 경이롭기까지 했다.

오픈 시간에 맞춰 와이너리 사무실의 문과 창문을 열면 은은한 포도향이 바람을 타고 들어와 코끝을 간질였다.

하지만 와이너리에 이렇게 낭만적이고 아름다운 순간만 존재하진 않는다는 사실을 깨닫기까지 그리 오랜 시간이 걸리지 않았다.

몇 세기 전에 지어진 와이너리 대문은 엄청나게 무거웠다. 대문에 균형이라도 맞춘 듯 열쇠도 제법 무게가 있어 두 손으로 들어야 할 정도였다. 어느 날, 문을 열다가 열쇠를 떨어뜨린 나는 바닥을 내려다보았다가 깜짝 놀랐다. 웬 똥이 한가득 있었던 것이다. 다행히 열쇠는 똥 위에 떨어지지 않았다. 새삼 열쇠를 떨어뜨린 게 신의 한 수였나 라는 생각이 들었다. 열쇠를 줍기 위해 바닥을 보지 않았다면 똥을 밟았을지도 모를 일이었다.

일단은 영업 준비부터 한 다음 빗자루와 쓰레받기를 챙겨 나왔다. 사방천지가 포도밭인지라, 큰 고민 없이 제일 가까운 자리에 똥을 던져 놓았다.

'자연스레 유기농 거름이 될 테니 포도들도 좋아하고 무럭무럭 자라나겠지.'

그때까지만 해도 나는 이 일이 그날의 아기자기한 일회성 추억이 될 줄 알았다. 하지만 다음 날도, 그다음 날도 마치 약속이라도 한 듯 비슷한 양의 똥이 같은 자리에 나타났다. 치우기를 여러 번 반복하다 보니 그 일은 업무 중 하나가 되었고, 나는 이런 일에 익숙해지는 것이 살짝 허무하기도 했다. 대체 이 배설물의 장본인은 누구이며, 어디서 나타난 걸까 생각하며 똥을 내려다보고 있는데 마침 출근하는 디렉터(와이너리 내 행정관리를 총괄하고 책임지는 사람)와 마주쳤다.

"봉주르, 아니 근데 그건 뭔가요?"

"며칠 전부터 정문 앞에 있어서요."

"아, 골치 아프게 생겼네. 걔네 아마 같은 자리에 계속 그럴 거예요. 할 수 있으면 한번 찾아보세요. 어떤 동물이냐에 따라 대처 방법도 달라지니까."

디렉터의 미간이 살며시 찌푸려졌다.

와이너리의 운영 철학이 친환경인 만큼 화학제품을 사용해서 동물의 출입을 막고 싶지 않았다. 나는 일단 사진을 찍어 포도밭에서 일하는 사람들에게 보여주었다.

"바쁘신데, 죄송하지만 이것 좀 봐주세요. 와이너리 입구에 계속 이런 게 있어요."

"이게 뭐야. 아, 동물 똥이네? 근데 난 잘 몰라요. 저기 저이한테 물어봐."

멀리서 포도 순을 정리하고 있는 나이 지긋한 남성분에

게 다가가 사진을 보여주었다.

"아 이거, 여기 희끗희끗하게 털 같은 거 있지 않아요? 여우네, 여우."

"여우요?"

"여우, 맞아. 걔들이 체리를 그렇게 좋아해서, 체리 따 먹으러 내려올 때가 있어."

아니나 다를까. 와이너리 건물 뒤쪽에 올리브나무와 체리나무가 있었다. 올리브나무에서 딴 소량의 올리브는 압착한 후 올리브 오일로 판매하지만, 체리는 판매용이 아니었다. 현재 와인메이커의 할머니가 심은 거란 말을 들었다. 검붉게 잘 익은 체리를 먼지만 쓱쓱 닦아서는 다른 직원들이랑 간식으로 먹곤 했는데, 여우도 체리 맛을 알고 와이너리 입구까지 내려온 걸까 싶었다. 여우라는 야생동물이 이렇게 내 일상과 가까이 있다고 느낀 건 처음이었다. 한국에선 말할 것도 없고 프랑스에서도 가끔 산에 난 도로를 지나갈 때 먼발치에서 본 것이 전부였다. 사진만 보고, 곧바로 여우의 똥이란 걸 알아본 그분에게 다시 대책을 구했다.

"여우가 못 오게 하려면 어떻게 해야 할까요?"

"아, 걔네들 암모니아라면 질색하지. 내가 요즘 6시에 출근하는데, 내가 입구에다 시원하게 갈겨줄까요? 좀 참았다가 누면 되는데…… 껄껄."

시답잖은 농담에 피식 웃음이 나오긴 했는데, 그저 웃고 넘길 일이 아니었다. 손님이 드나드는 출입구에서 고약한 냄새를 풍길 수는 없었다.

사무실로 돌아와 인터넷으로 검색을 해보았다. 자연주의 방식으로 농장을 관리한다는 누군가의 블로그가 눈에 띄었고, 혹시나 싶어 열심히 살펴보았다가 그 또한 여우 때문에 골치를 썩은 글을 발견했다. 다행히 해결책도 적혀있었다.

—레몬 다섯 개로 즙을 짜서 미지근한 물에 넣고, 레몬 에센셜 오일을 열 방울 정도 떨어뜨린 다음, 여우가 자주 다니는 것 같은 길에 뿌려보세요.

와이너리에 근무하면서 향수도 거의 뿌리지 않았다. 손님들이 와인을 시음하면서 아로마를 읽는 데 방해가 될까 싶어서였다. 하지만 레몬향은 암모니아보다는 훨씬 나은 해결책이었다. 나는 디렉터에게 가서 바로 보고했고, 곧바로 그 방법을 써보기로 논의했다. 퇴근길에 마트에 들러 레몬을 사두고, 집에 있던 레몬 에센셜 오일도 밤에 미리 챙겨 놓았다.

다음 날, 역시 같은 자리에 떡하니 똥이 놓여있었다.

"이 녀석아, 똥 테러도 오늘로 끝이다!"

나는 경쾌하게 혼잣말을 하며 와이너리의 주방으로 들어갔다. 살짝 끓여 식힌 물에 레몬을 짜 넣고, 에센셜 오일도 뿌려 잘 섞었다. 늘 하던 대로 똥은 포도밭 쪽으로 던져 버리고 레몬 물을 골고루 입구 주변에 뿌렸다. 분무기가 있었으면 좋았을 텐데 하는 아쉬움이 뒤늦게 머릿속에 밀려들었지만 어쩔 수 없었다.

다음 날은 와이너리가 문을 열지 않는 일요일이었다. 나는 궁금증을 하루 더 마음속에 담아두었다. 그리고 월요일 아침, 평소보다 더 서둘러 와이너리 정문으로 다가갔다. 효과는 기대 이상이었다. 거짓말처럼 늘 똥이 있던 자리가 깨끗했다. 하지만 기쁨도 잠시, 입구에서 조금 떨어진 잔디밭에 새로운 똥이 덩그러니 놓여있었다. 마치 내가 아침마다 치운 똥을 누군가가 그대로 옮겨 놓은 것 같았다. 여우는 냄새 때문에 정문까지 다가오지 못하고 잔디밭에서 일을 치른 것이었다. 나는 다시 레몬 물을 만들어 물조리개에 담아 입구는 물론, 주변 잔디밭 곳곳에 골고루 뿌렸다. 결과는 대성공이었다. 드디어 매일 아침, 골치를 썩이던 '똥 테러'에서 벗어날 수 있었다.

여우와 똥으로 대결을 벌인 지 얼마 지나지 않아 초여름으로 접어든 어느 날, 나는 토끼 때문에 간담이 서늘해지는 공포를 맛봐야 했다.

오랜 역사를 자랑하는 와이너리답게, 건물 내부에는 옛날 와인을 양조할 때 사용했던 앤틱 도구들이 잔뜩 있었다. 예약 손님도 없던 어느 한가하고, 재고 정리도 다 해서 여유로운 날이었다. 모처럼 여유가 찾아오면 그 여유를 즐겨도 될 텐데 나는 가만히 있는 성격이 못 되었다. 굳이 해야 할 일을 찾다가 실내 한쪽에 쌓여있는 앤틱 도구들이 눈에 들어왔다.

'오늘처럼 널널한 날, 저 아이들 먼지도 털어주고 한 번씩 닦아주면 되겠다.'

너무 무거워서 감당할 수 없는 것들은 제외하고 손에 쥐고 사용하는 도구 위주로 꺼내어 출입문 밖으로 가지고 나갔다. 그러곤 볕이 좋은 잔디밭에 나란히 놓아두었다. 하나하나 헝겊으로 먼지를 닦으며 보니 청동으로 만든 도구도 있었다. 언젠가 박물관에 모셔질지도 모를 귀한 물건처럼 느껴졌다. 세월의 더께만큼이나 먼지 층도 대단했다. 헝겊이 모자라 와이너리의 주방에서 몇 개 더 챙겨와 보니 웬 갈색 토끼가 잔디밭 가까이 다가와 있었다. 포도밭에서 가끔 마주치는 녀석이었다.

'재가 왜 여기까지 왔지?'

내 발소리에 놀랄까 봐 천천히 걷고 있는데, 토끼 녀석은 쏜살같이 앤틱 도구 쪽으로 달려와서는 하나를 입에 물고 문 밖으로 사라져 버렸다.

놀란 나는 비명조차 지르지 못했다. 헝겊을 팽개치고 도구를 쌓아둔 곳으로 가보니, 큰 갈퀴에 연결되는 것으로 보이는 작은 갈퀴머리 하나가 사라졌다. 정말 난감한 노릇이었다. 왜 시키지도 않은 일을 찾아서 하다가 몇백 년 묵었을지도 모르는 도구를 토끼에게 도둑맞은 것일까! 나 자신을 원망해 봤자 이미 엎질러진 물이었다. 정문에서 똥을 발견했을 때처럼 누군가에게 조언을 구할 수도 없었다. 우선 앤틱 도구부터 치웠다. 닦은 것들을 원목 와인 상자에 담아 시음실 입구에 진열해 두었다. 먼지를 벗고 나니 도구들은 그럴싸한 자태를 풍겼다.

퇴근 시간인 저녁 6시까지 일을 하는 둥 마는 둥 불편한 마음으로 자리를 지키고 있었다. 머릿속으로는 이미 와이너리 잔디밭에서 뒤편에 있는 언덕까지 곳곳을 훑어보고 있었다. 마감을 마치고 토끼를 봤던 장소를 더듬으며 와이너리 곳곳을 샅샅이 살펴보았다. 당연한 말이겠지만 토끼도, 갈퀴머리도 찾을 수 없었다. 프로방스의 여름은 저녁 8시에도 해가 지지 않는 덕에 오랫동안 포도밭을 누빌 수 있었지만, 별다른 성과는 없었다.

와인메이커에게 이 사실을 이야기해야 할까, 말아야 할까 고민하다가 며칠만 더 찾아보기로 했다. 그리고 누구에게도 말 못 할 속을 앓으며 출퇴근 전후로 포도밭에서 추적을 계속했다. 수사에는 전혀 진전이 없었다. 어느덧 주말이 찾아왔고, 아무래도 이젠 솔직히 고백하고 책임을 져야겠다는 생각이 들었다.

월요일이 되자 마치 약속이나 한 듯 와이너리에 시음 손님이 몰렸다. 사실 월요일은 와이너리 시음실이 가장 한가한 날이다. 돌아보면 갑작스럽게 몰려든 시음 손님들은 나에게 복선이었는지도 모른다. 점심도 제대로 챙겨 먹지 못할 만큼 정신없는 시간을 보냈다. 시음을 하고 난 마지막 손님 무리 중 누군가가 나에게 한마디를 건넸다.

"시음 너무 좋았어요, 감사합니다. 근데 여긴 앤틱 도구를 아직도 사용하나 봐요?"

내가 닦고 정리해 둔 도구를 본 모양이다. 고생한 보람이 있다 싶어 뿌듯한 마음이 차올랐다.

"아, 이젠 사용하진 않지만 몇 세기 전에 여기서 쓰던 것들을 보여드리면 좋을 것 같아서 정리해 봤어요."

"너무 좋은 생각이에요. 와, 진짜 신기하네요. 예전에는 다 이렇게 손으로 작업했겠죠? 저 사진 좀 찍어도 될까요?"

"네, 물론이죠."

그 순간은 갈퀴머리를 잃어버린 시름도 마음속에서 사라진 듯했다. 손님과 대화를 나누고 있는데 갑자기 와인메이커가 시음실로 들어왔다. 손님이 그를 보더니 도구들을 가리키며 한 번 더 얘기했다.

"이렇게 전시한 거 아이디어가 너무 좋아요. 아이들도 좋아할 거 같네요."

"감사합니다. 다음에 가족분들과 또 찾아와 주세요."

대문까지 손님을 배웅하고 온 와인메이커가 나에게 말을 걸었다.

"지난주에 잔디밭에서 뭐 하는가 싶었더니 이거 정리한 거였어요? 수고했어요. 손님들도 좋아하시네."

"아, 감사합니다. 저, 그러잖아도……"

드디어 심판의 순간이 다가온 것인가. 떨어지지 않는 입을 열고 죄를 고해하려는데, 와인메이커의 손에 뭔가 쥐어져 있는 것이 눈에 보인다.

"이거 누가 밟기라도 하면 다칠 것 같아서 주웠는데, 버리는 것보다 여기다 두면 되겠네."

와인메이커는 혼잣말하듯 중얼거리더니 내가 며칠 동안 찾아 헤매던 갈퀴머리를 전시된 도구 옆에 무심하게 툭 던지는 것이었다. 갈퀴머리를 보는 순간 기쁨, 안도와 함께 왠지 모를 허망함이 온몸에 가득 차는 기분이 들었다.

어쨌든 토끼 녀석이 그 도구를 자기 소굴에다 숨겨놓은 건 아니라서 천만다행이었다. 여우에 이어 토끼까지, 와이너리 신입사원의 군기를 바싹 잡으려던 속셈이었을까? 생각지도 못한 야생동물들과의 소동은 와인 전문가로 조금씩 지평을 넓히고 애정을 품을 수 있는 소중한 추억이었다.

무엇이든 해보고 싶은 열혈 초보자와 일 많은 와이너리

프랑스에서 직장 생활을 하면서 배운 건 나에게 주어진 업무만 할 필요가 없다는 것이었다. 물론 매일 자신이 하는 업무만으로도 만족하는 사람에게는 해당되지 않는 말이다. 하지만 내가 담당한 업무 외에 다른 일에도 관심이 가면 상사에게 내 의사를 표현할 수 있다. 원래 내가 하는 일이 아니고, 담당하는 다른 사람이 있는데 "내가 한번 해보고 싶다"고 말해도 괜찮을까 신경 쓸 필요가 없다. 상사가 내 뜻을 받아주면 바로 그 일을 해볼 수 있고, 받아주지 않으면 다음 기회를 노리면 그만이다.

상사가 내 의견에 동의하지 않는 이유에는 여러 가지가

있다. 담당자가 있고 그 사람만으로도 업무가 원활하게 가능해서 내가 가봤자 배울 것이 없고 별 도움도 되지 않을 수도 있고, 아직 경력이 많지 않아 그 일을 맡기엔 버거울 거라 판단할 수도 있다. 마침 담당자가 부재중이라면 뜻하지도 않게 업무를 체험하기도 한다. 업무 변경은 개인에게는 자신의 능력을 확장할 수 있고, 회사 입장에서는 일손을 덜게 되는 셈이라고 할 수 있다. 실제로 직장에서 A 부서에 꽤 오래 있던 직원이 어느 날부터는 B 부서에서 출퇴근하는 것을 보곤 했다.

와이너리에서 일하게 되었을 때 내게 주어진 첫 업무는 시음을 진행하고 소비자에게 1대 1로 와인을 판매하는 것이었다. 와인을 공부할 때 이론으로 배우고 내용을 외웠지만, 실제로 경험해 보고 그 과정을 이해했으면 하는 몇 가지가 있었다. 그중 하나가 포도를 수확하는 방법과 수확 후 바로 진행하는 양조 작업이었다. 디렉터에게 이 과정을 머리로는 알고 있지만 체험해 보고 싶다고 이야기했더니 수확철에 직접 포도밭에 투입되어 일을 할 수 있었다.

디렉터가 허락해 주기도 했고, 다른 직원들이 시음 및 판매를 해야 하는 내 업무를 흔쾌하게 대신해 준 덕분이다. 그날 포도를 수확하는 일을 하면서 와이너리에서 어떤 과정을 거쳐 와인이 만들어지는지 피부로 느끼게 되었다.

포도를 선별하는 일은 가장 기본적이고 쉬워 보이지만, 그만큼 중요한 일이다. 어느 분야든 가장 중요한 것이 '기본'인데, 맛있는 와인의 가장 기본이 되는 것은 포도 상태이기 때문이다. 당시 근무하던 와이너리는 수작업으로 수확하는 것을 고집하는 곳이었기 때문에, 애초에 건강하게 잘 익은 포도송이만을 골라서 가위로 잘라내야 했다. 수확기가 여름 끝물이다 보니 포도밭에서 와이너리 저장고까지 이동하는 시간도 고려해야 했다. 이동 경로가 길지는 않지만 혹시 모르니 그 사이 더 무르거나 과하게 익을 수 있는 송이들을 골라내는 것이 중요하다. 예상보다 굉장히 세심한 과정을 거치고 있었다.

포도 선별 작업을 본격적으로 하기 전에 무향 비누로 손부터 깨끗하게 씻는다. 선별 테이블은 공항에서 수하물을 올려두는 컨베이어 벨트처럼 생겼다. 포도송이들을 이 테이블에 조심스럽게 올려두면 상태가 나쁜 송이와 이파리 및 줄기 등을 골라내 별도의 박스에 담아낸다. 2차 품질 검수인 셈이다. 이때 와인으로는 합격점을 받지 못한 포도송이를 따로 담아서 포도주스를 만드는 와이너리도 있다. 수작업으로 수확하며 1차 품질 검수를 거친 포도들이니 맛은 틀림없이 보장된 거나 마찬가지다.

오랜 시간 동안 서서 포도 검수를 하다 보면 몸이 조금씩 찌뿌둥해진다. 이럴 때 따로 담아둔 포도를 집어먹기도 하는데, 그 맛이 정말 기가 막힌다. 와인 양조용 포도여서 우리가 흔히 사 먹는 포도보다는 알이 작고 씨앗이 큰 편이지만 당도만은 훌륭했다. 특히 청포도는 정말 입안에서 비타민 과즙이 터지는 듯한 맛이었다. 과일이 정말 맛있을 때 프랑스어로 "C'est comme des bonbons"이라고 하는데, 마치 사탕처럼 달고 맛있다는 뜻이다.

수작업으로 진행하는 양조 과정에는 아무래도 남자직원 수가 많다. 양조에 사용되는 탱크들은 크기가 거대한데, 그 안에 가득 담긴 포도액이나 포도 덩어리들을 휘저으려면 그만큼의 체력이 요구되기 때문이다. 그래서인지, 내가 양조 과정에 참여해 보고 싶다고 했을 때 다들 의아한 표정을 지었다. 딱히 반대하는 사람은 없었고, 경험 많은 직원이 나더러 정 해보고 싶으면 먼저 현장에 가서 보고 직접 판단하라고 이야기해 주었다. 이것도 프랑스다운 모습 중 하나인 것 같다. 위계질서에 따라 상사가 내가 할 일을 정해준다기보다, 할 수 있는지 없는지 여부는 본인이 판단하도록 유도하는 것 말이다. 막상 현장에 가서 보니 크게 힘들 것 같지 않아서, 업무가 많지 않은 날 와서 도와주고 싶다고 했다.

20년 경력의 직원이 나를 힐끔 보더니, 처음하는 거라면 탱크통을 저어보는 게 좋겠다고 하면서 혹시 두꺼운 덧신이 있으면 챙겨오라고 말했다. 마침 다음 날, 시간이 좀 나서 양조장으로 향했더니 작업복을 보관해 두는 창고로 나를 데려갔다. 덧신을 챙겨오라던 이유는 장화 때문이었다. 남자 직원들이 신는 고무장화가 내 발에 너무 컸기에, 두꺼운 덧신을 신고 공업용 고무줄로 발등 부분을 두 번 감아 장화를 발에 고정시켜야 했던 것이다. 걷다가 벗겨지면 어쩌나 했는데, 의외로 신고 걸어보니 쿠션감도 있고 좋았다. 오히려 두 번 감은 고무줄이 미끄럼 방지 역할을 해주었다.

장화를 신고 스테인리스 큐브 탱크가 있는 곳으로 이동했다. 대형 탱크가 열을 맞춘 듯 일정한 간격을 두고 설치되어 있는 와인 양조실이다. 위생이 중요한 곳이니만큼 바닥은 흠잡을 데 없이 깨끗했다. 탱크통을 젓기 위해서는 사다리를 타고 탱크 입구 쪽으로 올라가야 한다. 사다리가 바닥에 평평하게 잘 맞춰지지 않으면 약간 흔들리기도 하는데, 나는 놀이기구를 타는 듯 짜릿해서 재미있었다. 사다리를 겁내기는커녕 오르내리는 걸 즐거워하는 나를 보더니 몇몇 직원들은 심부름을 시키기도 했다. 본인들이 깜빡하고 탱크 위에 두고 온 소지품들을 갖다 달라는 것이었다. 그런 부탁이 전혀 귀찮지 않을 정도로 사다리를 타는 것이 재밌었다.

그렇게 겁 없이 지내던 어느 날, 탱크 위에서 피자주 pigeage(포도 덩어리를 위에서 아래로 눌러주는 작업)를 하다가 큰일을 겪을 뻔했다. 포도액 표면에는 포도 덩어리가 둥둥 떠있는데, 도구를 이용해 이 덩어리들을 위에서 아래로 눌러주어야 덩어리의 엑기스가 포도액에 잘 섞인다. 도구는 무겁지 않으나, 포도 덩어리가 도구에 달라붙는 것이 문제였다. 처음에는 '이 정도쯤이야' 하고 가뿐하게 넘길 수 있지만 동작이 계속될수록 생각보다 꽤 무게가 느껴진다. 도구에 달라붙은 덩어리를 떼내려면 도구를 탱크 옆면에 탁 치면 되는데, 나는 이 동작을 하다가 그만 균형을 잃고 넘어지고 말았다. 천운이 따랐는지 옆에 높이가 낮은 탱크가 있어서 그 탱크의 입구 가장자리에 엉덩방아를 찧는 정도에서 그쳤다. 탱크와 탱크 사이 간격이 좁은 것도 천만다행이었다.

그날 이후로도 사다리 타는 건 좋아했지만 조금은 조심하게 되었다. 사다리를 오르내릴 때마다 그 아찔하던 순간이 떠올랐다. 하지만 이 느낌 또한 양조 과정에 직접 참여하지 않았으면 여전히 머릿속의 이론이나 추상적인 이미지로만 남아있었을 것이다. 못하는 것보다 안 하려는 태도가 더 큰 문제라는 말이 있다. 순식간에 만들어지는 와인은 없다. 햇살, 바람, 비 그리고 시간이 와인을 빚어내듯 와인을 심사할 수 있는 전문가가 되기 위해선 이론뿐 아니라 이런 크고 작은 경험과 시행착오가 필요했다. 지금도 가끔씩 그때 몸이 휘청거리던 순간이 기억난다. 그러면 멀쩡한 다리가 약간 저린 느낌이 든다.

실수하지 않는 사람은 아무것도 안 하는 사람

프랑스 회사 문화는 선후배나 직급 차이에 따른 위계질서가 엄격하지 않다. 그러다 보니 직장 내 인간관계에서 비롯되는 스트레스가 우리나라보다 상대적으로 덜한 것 같다. 직장 생활을 하는 동안 상사에게 칭찬받은 일도, 꾸중 들은 적도 딱히 없기에 회사 분위기가 원래부터 무난한 것인지, 아니면 내가 외국인이어서 예외적인 대접을 받는 것인지 궁금했다. 나중에 친밀해진 동료에게 들어보니 웬만한 일이 아니면 칭찬받거나 지적 받는 경우가 드물다고 했다.

다른 직원들이 보는 앞에서 부하직원의 잘못을 꾸중하

는 일은 프랑스에서 흔하지 않은 일이다. 적어도 내가 겪은 바로는 그렇다. 그와 반대로 모두가 있는 자리에서 상사의 치하를 받는 일도 드물다. 정말 뭔가 큰 성과를 이루더라도 고과에 반영되긴 하지만 칭찬과 인정은 간접적인 경로를 통해 듣는다. 그러다 보니 자신의 업무에 대한 평가는 스스로 돌아보며 성찰해 봐야 한다.

교수님이나 상사 등 윗사람의 평가에 익숙해져 있던 나는 프랑스에서 직장 생활을 하며 조금씩 인식이 바뀌기 시작했다. 혼자 깨닫고 성장하는 방법을 찾다 보니 누군가에게 지적을 받고 혼나면서 알게 되는 속도보다 더디지만 자신을 좀 더 객관적이고 냉정하게 바라볼 줄 아는 법을 알게 된 것 같다. 아무도 모르고 누군가에게 질책을 당한 일은 아니지만, 설익고 부족했던 신입 시절 나만이 알고 있는, 지워버리고 싶기도 하면서도 오랫동안 기억할 수밖에 없는 두 가지 에피소드가 있다.

한국에서 직장인으로 살던 시절, 해외 거래처와의 커뮤니케이션 업무를 주로 담당했던 나는 업무 중 영어를 구사하는 일이 잦았다. 그래서 프랑스에 처음 왔을 때는 의사소통에 대한 걱정이 많았다. 프랑스 사람들에게 영어로 말을 걸면 싫어한다는 '클리셰'가 워낙 유명하지 않은가. 그래서 결심했다. 설령 나의 불어가 엉망일지언정 프랑스 사람들하고는 무조건 불어로 이야기하기로 말이다. 그러다 보니 자연스럽게 프랑스어가 늘어서 곧 영어 못지않게 구사할 수 있게 되었다. 특히 와인은 프랑스에서 배운 영향인지, 영어보다 프랑스어로 설명하는 것이 더 쉽게 느껴졌다. 영어로 시음을 진행하다가도 자연스럽게 프랑스어를 섞어 쓸 정도였다. (사실 와인 업계에서는 이런 일이 비일비재하다. 프랑스에서 와인을 공부한 영어 원어민들도 대부분 나처럼 프랑스어를 섞어 쓴다.)

어느 날, 와이너리에서 한정판으로 만든 와인의 양조 과정을 손님들에게 설명하게 되었다. 내 머릿속에서는 분명히 A라고 생각했는데, 생각만 그렇게 하고 입으로는 시종일관 B라고 말하고 있었다. 그날 업무를 마감하고 나서야 나는 이 사실을 깨달았다. 인턴 기간이라 매일 업무 일지를 쓰며 오늘 다룬 내용을 복기하다가, 내 입에서 나오는 단어를 듣고 스스로 놀란 것이다.

설명을 들은 고객들 중 내 실수를 알아채고 고쳐준 분이 있었다면 얼마나 좋았을까? 하필 설명을 들은 고객들도 와인에는 초보들이었다. 내 설명을 곧이곧대로 들으며 필기하는 이들도 있었다. 물론 실수는 내 탓이고 그 고객들은 죄가 없다. 내 마음속에 걸리는 건 와인에 대해 더 잘 알고 싶어서 프랑스 여행 도중 와이너리를 방문했을 사람들이 내 실수로 잘못된 정보를 사실로 기억하게 됐다는 점이었다.

다음 날 출근하자마자 어제 왔던 고객들 예약 내역을 찾아보았다. 인솔한 여행사와 담당자의 정보가 남아있어 연락을 취할 수 있었다.

"어제 저희 와이너리에 방문하셨던 분들의 연락처를 알 수 있을까요? 이메일이어도 좋습니다."

여행사 담당자는 당황한 눈치였다. 와이너리 측에서 자신들의 개인 정보를 캐내어 직접 방문 예약을 유도하려는 의도가 있는지 의심하는 것 같았다. 나는 어제 와인에 대해 설명하다가 잘못된 정보를 알려주어 실수를 정정하고 싶을 뿐이라고 답했다. 아직 의심을 다 거두지 않은 듯한 담당자는 방문한 일행 중 한 명의 이메일 주소만 알려주겠다고 했다. 어차피 와이너리 방문은 개인이 아니라 친구나 가족 단위로 오는 경우가 많았다. 메일 주소 하나 알게 된 것만으로도 감지덕지하며 나는 기억을 더듬어 내가 했던 설명과 설명 중 실수가 있었던 부분을 다시 정정해서 메일을 보냈다.

시음 업무 마감 전에 메일을 확인해 보았다. 다행히 수신한 것은 확인했지만, 답장이 오진 않았다. '잘 알겠다. 함께 갔던 사람들에게도 전달하겠다'는 속 시원한 답변을 듣지 못한 것이 아쉬웠지만, 내가 할 수 있는 건 다 했다는 생각이 들어 후련했다. 그렇지만 며칠 동안 잠자리에 누워있으면 실수했던 순간의 장면이 영화처럼 떠올랐다. 그리고 대체 왜 그런 어이없는 실수를 한 것인지 이불을 걷어차고 싶었다.

그로부터 한참이 지났다. 숙박업체, 관광상품을 이용한 경험을 공유하는 사이트에 내 이름이 언급된 후기가 올라왔다. 이 사이트에 와이너리 정보를 업데이트하려던 디렉터가 우연찮게 이 글을 발견하고 나에게 알려주었다. 후기에는 와이너리 투어도 유익했고 와인도 맛있었는데, 사소한 실수를 정정하려고 투어 이후에 직접 메일을 보내 설명해 준 직원의 정성까지 돋보인다는 글이었다. 누군가 나를 칭찬한 후기를 남긴 것도 기쁜데, 내가 아닌 다른 사람에게 이 소식을 전해 듣게 되니 왠지 더 흐뭇했다.

해피엔딩과는 다르게 오싹한 일을 겪은 적도 있다. 앞

서 벌어진 일은 민망함에 이불 속에서 여러 번 발길질을 해야 했는데, 이번 일은 위기 상황에서 벗어나기 위해 온 힘을 쏟아부어야 했다.

오래된 와이너리일수록 와인메이커의 가족이 사용하는 가족용 프라이빗 카브cave(저장고)가 있다. 이곳은 일반 손님들이 아닌, VIP 시음 손님들에게만 개방된다. VIP 고객 중에는 와인메이커의 개인적인 와인 컬렉션을 유난히 궁금해하고 거기에 관심 있는 이들이 있다. 아무래도 가족의 사유재산이고, 사생활적 공간이기 때문에 사전에 와인메이커의 확인을 받고 개방한다. 시음 당일, 담당자는 카브를 미리 살펴보고 이상이 없는지 체크하고, 와이너리 입구의 열쇠만큼이나 무거운 프라이빗 카브 열쇠를 챙겨둔다.

VIP 방문일, 와인메이커의 가족들만 단독으로 사용하는 살롱의 문이 열렸다. 와인메이커는 테이스팅에 관해서는 주관이 확실한 사람이라, 하얀 테이블보에 와인글라스가 종류별로 여섯 잔은 놓여있어야 했다. 와인메이커의 할머님이 살아계시던 시절 직접 자수를 놓은 면과 마가 적당히 섞인 하얀 테이블보를 각 잡고 깔아두고 나면, 티 한 점 없이 깨끗하게 닦았는지 여러 번 확인한 와인글라스를

1인당 여섯 개씩 올려둔다. 테이블 가운데에는 촛대를 올려 두고, 인원수에 맞춰 면으로 된 냅킨을 정갈하게 접어 두는 것으로 준비가 끝난다.

나는 평소보다 더 긴장한 채로 시음을 진행했다. VIP 고객들이라 이래저래 신경 쓸 일이 많았다. 하지만 와인 애호가들이어서 대화거리도 풍성하고 분위기가 좋았다. 원래 카브를 먼저 방문하고 난 다음 와인을 시음할 예정이었는데, 본인의 어린 자녀가 낮잠을 자는 동안 시음을 먼저 할 수 있겠느냐고 양해를 구한 고객이 있어서 순서를 바꿨다.

시음을 마치고 고객들을 프라이빗 카브로 안내했다. 카브 벽을 멀리서 보면 원래 까만색인가 싶지만 가까이서 보면 그 정체가 다름 아닌 두껍게 피어난 곰팡이란 사실을 알게 된다. 와인 보관에 이상적인 습도를 유지해 주는 고마운 녀석들인데, 손으로 만지면 약간 폭신하면서도 또 미세하게 습기가 느껴져 신기하다. 이 곰팡이를 처음 봤을 때가 너무 인상적이라서 나는 얘네들한테 까만 수염(Barbe noire)이라는 별명을 지어주었고, 지나갈 때마다 "봉주르 바흐브 누아" 하고 말을 걸기도 했다. 하지만 오늘은 이 곰팡이들에게 아는 척할 여유도 없었다. 남다른 무게를 자랑하는 카브 열쇠를 두 손으로 쥐고 낑낑거리며 문을 여는 일부터가 관건이었다. 두꺼운 걸쇠를 일단 위로 올린 다음 열쇠를 돌려야 했는데, 나로선 젖 먹던 힘까지 써야 했다.

힘겹게 문을 연 끝에, 드디어 와인메이커 가족이 대대로 소장하고 있는 컬렉션을 공개할 수 있었다. 와인을 배경으로 사진도 찍어주고, 알아보기 어려울 정도로 겉면에 손으로 무언가를 휘갈겨 쓴 와인의 정체와 내력을 궁금해하는 고객에게 설명도 해주었다.

프라이빗 카브를 향한 호기심이 무색할 만큼, VIP 고객들이 이곳에 머무르는 시간은 의외로 짧다. 아무래도 습기가 많고 어두운 지하에 있다 보니 일정 시간이 지나면 바깥으로 나가고 싶어 한다. 아니나 다를까, 내가 설명을 마치자마자 하나둘 출입구로 나가는 이들이 있었다.

고객들이 모두 나갈 때까지 기다리는데, 여기서 그만 사달이 나고 말았다. 마지막으로 퇴장한 고객이 내가 아직 프라이빗 카브 안에 있는 걸 모르고 문을 닫아버린 것이다. 하필이면 열쇠의 걸림쇠가 맞물려 돌아가야 하는 부분에 걸쇠가 걸려 문은 열리지도, 닫히지도 않은 상태가 되었다. 이대로 힘주어 문을 밀고 나가자니 걸쇠가 망가질 것 같았다. 고객들은 이미 카브를 벗어나 지상으로 나간 듯 조용했다. 다른 직원들에게 전화를 걸어 꺼내달라고 요청하자니 카브 내에서는 폰이 잘 터지지 않는 게 또 문제였다.

어떻게든 나갈 궁리를 하며 입구를 살펴보았다. 문틈은 그야말로 손바닥의 반만큼 벌어져 있었다. 그 사이로 발을 넣어 문을 조금 밀면서 걸쇠를 잡아당기면 열릴지도 모른다는 생각이 들었다. 발을 밀어 넣으며 체중을 실어 문을 팔뚝으로 밀고, 다른 한 손으로 걸쇠를 잡아당겼다. 문은 무겁고, 걸쇠는 빽빽했다. VIP 손님을 맞이한다고 하필 실크 블라우스를 입었는데 블라우스는 문에 쓸려 다 망가질 지경이었다. 그렇게 되더라도 문이 열리기만 한다면 바랄 것이 없었지만, 문은 꼼짝하지 않았다.

너무 지쳐서 도와달라고 소리를 질러볼까 싶었지만, 그 힘이 있으면 차라리 한 번만 더 밀어보자 하는 마음으로 온 힘을 다 끌어올려 걸쇠를 잡아당겼다. 그랬더니 하늘도 내 노력을 못 본 척할 수 없었는지 방해꾼처럼 걸림쇠 자리를 떡하니 차지하고 있던 걸쇠가 빠져나갔다.

카브 속에서 걸쇠와의 사투는 30분 정도 벌어진 듯했다. 서둘러 카브 문을 잠그고, 조명을 끄고 내부를 확인한 뒤 밖으로 나왔다. 안도의 한숨을 내쉬는 것도 잠시, 이 시간 동안 방치되어 있는 고객들 중 혹시 불만을 품은 이가 없을지 염려되었다. 하지만 정원에 모여있던 고객들은 즐거운 시간을 보내느라 뒤늦게 나타난 나는 안중에도 없었다.

마침 와인메이커가 지나가던 길에 고객들과 인사나 하고 갈까 와이너리에 들렀다가 인사가 수다로 이어진 것이다. 그러다가 새로 준비 중인 와인 이야기를 꺼냈고, 한 잔씩 맛을 보며 와인메이커의 설명을 듣고 있었다.

이렇게 완벽한 타이밍이라니! 얼른 화장실로 가서 옷매무새를 다듬고, 조금 전 시음 중에 주문을 받아 둔 와인을 포장했다. 이젠 오히려 내가 기다리는 입장이 되었다. 와인을 직접 만든 사람과 나누는 대화가 너무 좋았는지 아무도 집에 갈 생각이 없어 보였다. 한참 더 수다를 떨던 그들은 해 질 녘이 되어서야 시음실에 두고 간 짐을 챙기러 들어왔다. 다들 투어가 재밌었고 시음도 너무 좋았다며 칭찬을 아끼지 않았다. 와인메이커와의 단독 시음도 특별한 경험이었을 것이다. 그렇게 10년 같은 하루를 마감했다.

나는 남들보다 긍정적인 편이다. 내가 벌인 실수, 뜻하지 않게 받은 오해 등은 잘못된 상황을 최대한 바로잡으려고 노력하고 이후에는 잘 잊는다. 하지만 크고 작은 실수들이 반복되다 보면 나도 모르게 의기소침해진다.

'프랑스와 나는 궁합이 안 맞는 걸까?'

한없이 마음이 가라앉는 날엔 이런 생각까지 해보기도 했다. 하지만 프랑스라는 사회 환경 탓만은 아닐 것이다. 한국이든 프랑스든 생소한 직장 생활을 시작할 때의 애로사항은 어디서나 비슷하다. 차이점이라면 외국인 신분으로 프랑스에 건너와 세계적으로 유명한 와인을 매일매일 배우면서 판매하고 있다는 것이겠지. 비유하자면 내 처지는 프랑스 사람이 한국으로 들어와 배추김치, 총각김치 등 각종 김치를 배워가면서 팔고 있는 셈일 것이다.

프랑스에서 와인을 파는 한국인이든 한국에서 김치를 배우는 프랑스 사람이든, 돌이켜 보면 한국에서 처음 직장인이 되었을 때 내 처지도 비슷했던 것 같다. 직장 선배들은 다들 나보다 경험 많고 업무에 능숙했다. 나는 언제 저 여유를 가져볼 수 있을까 부러워하기도 했다. 내 앞가림을 제대로 하고 1인 이상의 몫을 하기까지는 한국에 살던 시절에도 꽤 많은 시간이 걸렸다. 하물며 프랑스에서는 오죽할까? 와인을 새롭게 배우면서 늦은 나이에 다시 그 과정을 겪게 된 셈이지만, 예전이나 지금이나 생각하는 바를 행동으로 실천해 봐야 한다는 좌우명은 변함이 없다.

프랑스에는 '실수를 하지 않는 사람은 아무것도 안 하는 사람이다(Il n'y a que celui qui ne fait rien qui ne se trompe jamais)'라는 속담이 있다. 예나 지금이나 내가 가장 좋아하고, 가장 많은 위로를 준 속담이다.

신념은 작은 씨앗에서 만들어진다

와이너리에 근무할 때, 아니 지금까지 살면서 저지른 가장 비싼 실수는 아마 500년이 넘은 유리그릇을 깨버린 일이 아닐까 싶다. 그날도 여느 때처럼 일찍 출근해서 먼지를 털고 와인글라스를 정리하고 있었는데, 와이너리 실내 입구 구석에 떡하니 자리 잡고 있는 앤틱 유리그릇들이 눈에 들어왔다. 비슷한 모양이나 크기가 다른 것들로 이루어진 그릇 세트였다. 골동품이긴 하지만, 그래도 먼지를 벗으면 더 깔끔하고 보기 좋지 않을까 하는 생각이 들었다. 마침 글라스를 정리하고 있기도 해서 곧바로 실행에 옮겼다.

나는 헝겊 중에서 가장 재질이 부드러운 것을 골라 유리그릇을 닦았다. 이런 그릇은 와인 뮤지엄에서도 심심찮게 볼 수 있는데, 유리 공정에서 가스를 사용하는 공장에서 만들어지는 그릇들과는 비교가 안 될 만큼 귀중한 물건이다. 재래식 화덕에서 1200도로 모래를 구운 다음 입으로 불어서 모양을 만들어 완성한 그릇이기 때문이다. 닦으면서 유심히 살펴보니 과연 유리에 미세하게 무늬가 있었고 결이 제각기 달랐다. 그릇을 잘 모르는 평범한 사람의 눈에도 예사롭지 않은 수제품이라고 느낄 만큼 정성이 느껴졌다. 와이너리를 방문한 고객들을 맞이할 때 이 그릇에 대해서도 언급을 해야겠다는 생각이 들었다.

그릇들을 다 닦고 원래 자리에 놓아두고 보니 눈에 거슬리는 것이 있었다. 그릇이 있던 자리에 먼지가 소복하게 쌓여있었던 것이다. 닦기 전에는 미처 몰랐는데, 깨끗하게 반짝이고 있는 그릇 아래 있어서 그런지 바닥에 있는 먼지가 더 도드라져 보이는 듯했다.

재료를 아끼지 않고 손수 제작한 그릇은 하나하나의 무게가 생각보다 꽤 나갔다. 제대로 청소하려면 이 그릇들을 다시 하나씩 옮겨 바닥을 깨끗이 쓸고 닦아야 했다. 그렇게 하자니 솔직히 귀찮았다. 그래서 꼼수를 떠올렸다.

진공청소기를 가져와서는 앞이 뾰족한 흡입구로 바꿔 끼우고 크게 눈에 띄는 먼지만 치울 생각이었다. 기왕 마음먹고 청소를 시작한 건데, 왜 마무리를 대충 하려고 했을까? 굳이 핑계를 대자면 그즈음 손목을 쓸 일이 많아서 손이 시큰했다. 와인을 상자째로 고객들의 자동차 트렁크에 싣는 일을 도와주다가 생긴 직업병이랄까?

진공청소기를 유리그릇들 사이로 밀어 넣고 덩어리로 뭉쳐있는 먼지를 빨아들이고 있는데, 인기척이 들렸다.

'오늘 오전 예약은 없는데, 누구지?'

무심결에 입구 쪽으로 몸을 돌리고 청소기를 잡아당겼는데 "쩌억" 하고 무엇인가 갈라지는 소리가 났다. 대단히 불행한 일이 일어난 것을 직감했다. 소리가 난 곳으로 고개를 돌려보니 가장 왼쪽에 있던 그릇 하나에 금이 가있었다. 몹시 당황스러웠지만, 직업의식이 금이 간 내 멘털을 꽉 잡아준 덕에 나는 고객부터 맞이하고 인사를 건넸다.

"시음하러 오셨어요? 저쪽으로 가시죠."

나는 일단 고객들을 시음실로 안내한 다음 돌아와 청소기를 정리했다. 눈에 띌 정도로 굵은 금이 간 유리그릇이 눈에 밟혔다. 하지만 지금은 고객을 먼저 맞이해야 했다. 나는 정면에서 보는 관점에서 최대한 알아볼 수 없도록 그릇의 자리를 돌려놓고, 고객들에게 시음을 안내했다.

날씨가 너무 좋은데 손님이 없어 일부러 할 일을 찾으며 시간을 때우는 날이 있는가 하면, 아침부터 저녁까지 전혀 쉴 틈이 없는 날이 있기도 하다. 그날도 그러했다. 정신 차릴 새가 없었다. 조금이라도 시간이 있었으면 금이 간 유리그릇 세트 대신 다른 걸 놓거나 면이나 천으로라도 덮는다든가 했을 텐데, 고객들은 약속이라도 한 듯 시음실에서 한 무리가 나가면 새로운 이들로 채워졌다. 그러다 퇴근 시간이 찾아왔고, 그렇게 하루가 끝나버렸다.

집에 도착해서 대충 끼니를 때우고 나니 오늘 저지른 일이 떠올라 마음이 무거워지기 시작했다. 몸은 지치고 피곤했지만 침대에 누워도 선뜻 잠이 오지 않았다. 답답한 마음에 몸을 일으키고 노트북을 켜서 앤틱 유리그릇의 가격을 검색해 보았다. 가격은 천차만별이었다. 벼룩시장에 나와있는 앤틱 유리그릇들은 각자가 생각하는 가치에 따라 가격이 매겨져 있었다.

내가 깬 그릇은 와이너리 선조들이 사용하던 것을 대대로 물려받아 전시용으로 쓰는 것이니 굉장한 고가품일 것이었다. 검색 결과 가장 비싼 유리그릇을 기준으로 가늠해 보니 내 월급의 1/3에 해당하는 값이었다. 내가 자초한 일이니 원망할 곳도 없었다. 와인메이커는 하필 휴가 중이었다. 그가 출근하는 날, 내 실수를 솔직히 털어놓고 이번 달 월급에서 차감해 달라고 이야기하기로 다짐했다. 나로선 굉장한 지출이자 부담이다. 속이 쓰렸지만 그렇다고 이 사실을 숨기고 싶지 않았다.

며칠 뒤 와인메이커가 휴가를 마치고 돌아왔다. 그날은 유독 어린이 손님들이 많았다. 가족 단위 고객들이 주를 이루었다. 엄마, 아빠가 시음을 하는 동안 아이들은 잔디밭에서 놀거나 와이너리 내부를 기웃거리며 술래잡기 등을 하며 놀고 있었다. 나는 아이들에게 다치지 않게 1층에서만 놀라고 당부하고 시음실에서 어른들을 응대했다. 갑자기 쨍그랑하는 소리가 났다.

서둘러 시음실에서 나와 보니 아이들이 어리둥절한 표정을 지으며 한 곳을 바라보고 있었다. 그곳에는 유리그릇이 깨져있었다. 내가 와인메이커에게 자수하려고 했던 앤틱 그릇이었다. 상황을 유추해 보니 술래잡기를 하던 아이들끼리 서로 부딪히고 밀치다가 오르간을 건드리게 되었고, 오르간 의자 뒤에 있던 유리그릇이 힘을 받아 깨진 것이다. 뭔가 큰일이 벌어진 것을 감지한 한 아이가 울음을 터트렸고, 곧이어 함께 술래잡기 놀이를 하던 아이들이 따라 울었다. 애초에 유리그릇에 금이 간 건 내 탓이었다. 금이 가지 않았다면 오르간 의자에 밀렸다고 해서 저렇게 쉽게 깨지지 않았을지도 모른다는 생각이 들었다. 제 발이 저린 나는 아이들과 함께 울진 못하더라도 소리라도 지르고 싶은 심정이었다. 아무것도 모르는 부모들은 유리그릇이 깨진 걸 보고 난처해했다.

"엄청 오래된 물건 같은데 어쩌죠? 정말 죄송합니다. 가격을 알려주시면 저희가 나눠서 보상하겠습니다."

아무리 그래도 물건보다는 아이들을 먼저 신경 써야 할 것 같았다.

"괜찮습니다. 아이들부터 달래주세요. 일단 저는 대표님께 말씀드리고 오겠습니다."

사무실로 올라가려는데, 와인메이커가 1층으로 내려와 있었다. 그도 무언가 깨지는 소리를 듣고 무슨 일인가 싶어 사무실에서 나온 듯했다. 아직도 훌쩍거리고 있는 아이들, 어쩔 줄 몰라 하는 부모들 사이에서 그릇이 깨진 것도 알아챈 모양이다.

"다친 아이는 없습니까?"

와인메이커가 물었다.

"네, 다행스럽게도 없는 것 같아요. 그저 소리에 놀란 것 같습니다."

내가 대답했다.

"그럼 됐습니다. 유리가 강철도 아니고 언젠가는 깨졌을 텐데요. 신경 쓰지 마세요."

아무것도 아니라는 듯 와인메이커가 대답하자, 부모들이 그에게 다가와 입을 열었다.

"대대로 내려오는 유물일 텐데 정말 죄송합니다. 저희가 어떻게든 보상하겠습니다. 같은 게 아니라도 비슷한 걸 구할 수 있을까요?"

"이제 저렇게 그릇을 만드는 곳은 없을 겁니다. 비슷한 걸 찾으려면 찾을 수는 있겠지만 그게 어디 있을지는 모를 일이고요. 누군가 소장하고 있겠죠. 아이들이 그런 건데 어쩌겠습니까? 괜찮습니다."

와인메이커는 말을 마치고는 밖으로 나갔다.

어른들이 시음을 마저 마치는 동안, 아이들은 언제 울었냐는 듯 해맑게 정원에서 뛰놀고 있었다. 부모들은 마음이 불편했는지 시음하면서 구매 의사를 밝힌 와인뿐 아니라 다른 와인도 상자 단위로 구매했다.

어느덧 퇴근 시간이 다 되었다. 늦기 전에 와인메이커

에게 이실직고를 해야 했다. 하지만 그는 벌써 퇴근한 모양이었다. 주차장에도 와인메이커의 차가 보이지 않았다. 내일이 월급날인데, 차라리 잘됐다 싶었다. 내일은 출근하자마자 와인메이커에게 마음속에 계속 들러붙어 있는 찜찜하고 불편한 사실을 털어내자고 다짐했다.

그날 잠자리에선 쉽사리 잠이 오지 않았다. 머릿속 한편에서 깨진 유리그릇에 대한 책임을 놓고 내 자아가 두 개로 나뉘어 열띤 토론을 하고 있었다.

"어차피 애들이 깬 걸로 처리된 거 그냥 입 닫고 조용히 넘어가. 무슨 이실직고를 한다고 난리야. 너 월급 1/3이 장난인 줄 아냐."

"야, 아무리 그래도 양심이 있지. 네가 그거 청소한다고 설치지만 않았으면 애초에 금도 안 갔을 거 아냐? 이미 금이 가있어서 오르간에 닿자마자 팍 깨진 거라고. 가슴에 손을 얹고 생각해 봐. 애들 탓이라고 우기고 넘어가면 마음이 편안해? 그리고 그 며칠 동안 유리그릇에 금 가있는 거 다들 몰랐을까? 나중에 '어, 그거 원래 금 가있었는데' 하는 사람이 나타나면 어떡할래? 설령 아무도 모른다고 해도 너 스스로 알 거 아니야? 그리고 기껏 실토했더니 왜 어제는 이실직고 안 하고 애들 탓으로 넘어갔냐고 하면 뭐라고 할 건데? 그렇잖아?"

"솔직히 너도 그냥 넘어가고 싶잖아. 아니면 왜 '애들이 그런 게 아니고, 사실 저 때문에 유리가 이미 조금 깨진 거였어요'라는 말 못 했는데? 그리고 어차피 애들끼리 몸싸움하고 놀다 보면 금 안 갔던 유리도 깨졌을지도 몰라. 왜 오버해? 애들이 깬 걸로 넘어갔고 부모들이 사과했고 와인도 많이 사갔어. 서로 윈윈했잖아! 굳이 긁어 부스럼을 만들어야겠어?"

"재 얘기 듣지 마. '어제는 경황이 없어서 말씀을 못 드렸는데, 사실 휴가 가 계신 동안 제가 청소하다가 실수로 건드려서 금이 조금 가있었습니다. 돌아오시면 말씀드리려고 했는데 손님들이 계속 있어서 사무실에 못 찾아뵈었고요. 어쨌든 저 때문에 유리에 금이 가서 깨졌던 것 같아요. 아이들 잘못이라기보단 제 잘못입니다. 얼만지는 모르지만 제 월급에서 삭감해 주세요'라고 솔직히 말해. 앞으로도 네 잘못 은근슬쩍 덮고 넘어가는 그런 인생을 살 거냐? 그게 네 가치관이야?"

두 자아의 주장을 듣고 보니 마음속은 더욱 복잡해졌다. 오랜 시간을 뒤척이다가 어떻게 잠들었는지도 모르게 하룻밤을 보냈다. 가시지 못한 피로를 뒤집어쓴 듯한 기분으로 출근을 준비했다. 여느 때처럼 와이너리에 가장 먼저 도착했다. 포도밭을 천천히 둘러보면서 나는 마음의 결정을 내렸다.

'그래, 내가 제일 싫어하는 사람은 거짓말하는 사람이잖아. 그런 사람이 되지는 말자. 무슨 말을 듣든 사실대로 말하자.'

마침 타이밍이 좋았다. 휴가 동안 밀린 업무가 많았던 건지 저 멀리서 다가오는 와인메이커의 차가 보였다. 나는 주차장으로 내려갔다. 결심을 했는데도 입을 떼기가 쉽지는 않아서 가슴이 조금 떨렸다.

"안녕하세요! 어제는 인사를 제대로 못 드렸는데 휴가는 잘 다녀오셨나요?"

최대한 살갑게 말을 건넸지만 나 스스로도 조금 어색했다. 나는 직장 상사들과는 최소한의 의사소통만 하는 편이어서, 사사로운 스몰토크를 하는 일이 별로 없었다.

의외라는 얼굴로 인사를 받아주며 와인메이커가 말했다.

"네. 잘 다녀왔어요. 그간 별일은 없었나요? 와인 세일즈에 많이 기여하고 있다고 들었습니다. 수고가 많아요."

어쩐지 말을 끝맺고는 서둘러 가려는 것 같아서, 급하

게 붙잡았다.

"말씀 감사합니다. 그런데 제가 꼭 드릴 말이 있어서요."

걸음을 멈추고 와인메이커가 나를 쳐다보았다. 눈빛을 마주하니 무서웠다. 하지만 마음속 용기를 쥐어 짜 냈다.

"어제 아이들이 놀다가 유리그릇이 깨진 거 말인데요, 사실은 저 때문인 것 같아요. 제가 며칠 전에…."

내가 말을 다 마치지도 않았는데 와인메이커가 말했다.

"아니, 누가 그랬으면 어떻습니까? 이미 깨진 것을요. 괜찮습니다."

그러더니 다시 걸음을 빠르게 내딛는 것이다.

이렇게 유야무야 끝내도 되는 걸까? 이왕 솔직해지기로 한 건데, 나는 자초지종을 말하고 싶었다.

"제가 며칠 전에 청소하다가 청소기로 그릇을 건드려서 금이 가있었어요. 그것 때문에 어제 완전히 깨져버린 것 같아요. 정말 죄송합니다. 어제는 너무 경황이 없어서, 오늘 뵙자마자 말씀드리려고 기다렸어요. 제가 인터넷으로 검색해 봤는데 되게 비싼 거더라고요. 새로 구해드릴 수 있으면 좋을 텐데 어제 듣기로 그것도 힘들다고 하시니 이번 달 제 월급에서 차감해 주시면 제가 마음이 편할 것 같아요."

내 말을 또 끊을까 봐 허겁지겁 말했더니 와인메이커가 피식 웃었다.

"허허, 그 정도 가지고 직원 월급에 손대지는 않습니다. 알았으니 가봐요. 마음 불편했겠네. 앞으로 와인 더 많이 팔아요, 그럼 되지."

공과 사를 확실하게 구분해서 처분해 주실 줄 알았건만, 평소엔 무뚝뚝한 인상을 주던 와인메이커는 계속 웃는 얼굴로 대답했다. 역시 사실대로 말하길 잘했다는 생각이 들었다. 마음속을 움켜쥐고 있던 불편한 감정이 순식간에 증발했다. 아이들의 실수 탓으로 얼렁뚱땅 넘어갔다면 나중에 두고두고 마음이 불편했을 것이다.

이후로 와인메이커와 긴 대화를 나눌 일은 없었다. 그런데 내가 마지막으로 근무하던 날, 와인메이커가 그날 이야기를 꺼냈다.

"아, 이렇게 일찍 헤어질 줄 알았으면 그때 유리그릇 값 받는다고 하는 건데."

실없는 농담을 하기에 나도 같이 피식 웃으며 대답했다.

"저 그래도 그 이후로 정말 비싼 와인 많이 팔았다고요. 고가라인은 제가 세일즈 원톱이에요."

와인메이커가 대답하며 악수를 청했다.

"알아요, 알다마다요. 앞으로 건승을 기원합니다."

"감사합니다. 덕분에 많이 배웠습니다."

내민 손을 힘주어 잡으며 내가 대답했다. 다시금 그때 내 결정이 옳았다는 생각이 드는 순간이었다.

어떤 이들에게는 이 이야기는 굉장히 사소한 에피소드처럼 느껴질지도 모르겠지만, 내 가치관대로 행동하는 것이 옳다고 믿는 나에게는 너무도 중요하고 오랫동안 기억에 남는 경험이다. 적당히 넘어가도 될 일을 기어코 원칙을 따져가며 피곤하게 살 필요가 있냐는 핀잔을 듣기도 한다. 하지만 모든 일은 작은 일에서 시작된다. 바늘 도둑이 소 도둑이 된다는 속담처럼 별것 아닌 것처럼 보이는 작은 문제가 나중에는 가장 큰 원인이 되기도 한다. "악마는 디테일에 있다"는 말도 있지 않은가? 가치관, 신념이라는 건 작은 일에도 대입할 수 있어야 내 삶을 지탱해주는 원칙이 되는 것이다. 모든 분야의 모든 직업이 그러하겠지만, 와인 분야(생산, 마케팅 등)에서는 이 작은 차이가 엄청난 결과를 불러온다. 경험이 쌓일수록 이 사실을 새삼 되새기게 되는 탓에 나는 여전히 작은 실수에도 민감한 와인 종사자로 살아가고 있다.

심상찮은
와이너리의 진짜 주인

와인 대학교에서 와인에 대해 새롭게 배우면서, 나는 마음에 드는 와인을 사진으로 찍고 따로 메모해 두는 습관이 생겼다. 수업이 끝나고 쉬는 시간에 곧바로 와이너리를 핸드폰으로 검색하기도 하고, 나중에 그곳을 찾아가서 보고 싶은 와인은 따로 표시를 해두었다. 미슐랭 가이드를 본떠 관심의 정도에 따라 별 하나에서 세 개로 등급을 나눠 나만의 카테고리를 만들었다. 프랑스어로 와인을 "뱅Vin"이라고 하는 점을 착안해서, 나는 그 카테고리를 '뱅슐랭 가이드'라고 불렀다.

와이너리에서 인턴으로 일하기 시작하면서부터 휴일에

는 다른 와이너리를 찾아다녔다. 수업 중 와인만 가지고 시음할 때와 달리, 포도도 직접 보고 와이너리 시설도 살펴본 다음 입으로 느껴보는 와인은 정말이지 차원이 달랐다. 마치 바로 눈앞에 있던 벽이 허물어지고 내가 몰랐던 다른 세계가 한눈에 파노라마처럼 펼쳐지는 느낌이랄까?

프랑스에서는 대형마트의 와인 코너도 전문점 뺨칠 만큼 정리가 잘되어 있고, 온라인으로도 와인을 구입할 수 있다. 그런데도 내 주변의 프랑스 지인들은 굳이 와이너리에 직접 가서 와인을 마셔보고 샀다. 그 전까지만 해도 좀 유난해 보이기도 했는데, 와인을 배우고 알게 되면서 그들의 마음을 이해할 수 있었다.

그곳은 꼭 한 번 가봐야지 마음먹었던 와이너리 중 하나였다. 나름 명성도 있고 와인 맛도 너무 좋은데 인터넷으로 검색해 보면 홈페이지는커녕 전화번호만 하나 딸랑 기재된 곳이 있었다. 심지어 유선 전화번호라서 근무자들이 포도밭에서 일하고 있으면 통화하기도 어렵다는 후기까지 올라와 있었다. 하필이면 이곳이 뱅슐랭 가이드에 별 세 개를 부여한 와이너리였다. 어쨌든 가보고 싶었다. 무작정 차를 끌고 그 와이너리로 달려갔다. 도착해 보니 사무실은 닫혀있었다. 그제야 전화를 걸어봤는데 역시나 받지 않았다. 사람은커녕 개미 한 마리 보이지 않았다.

차 안으로 돌아와 어떡하면 좋을지 궁리했다. 손으로 직접 편지 쓰는 걸 좋아하는 프랑스 사람들의 취향에 맞게 문고리에 쪽지라도 남겨놓을까 생각하고 있는데, 허름한 멜빵바지 차림새의 나이 지긋한 할아버지 한 분이 차로 다가왔다. 차창을 열고 인사를 건네니 와인을 마시러 온 거라면 자기를 따라오라고 한다. 40분 이상 차를 몰고 온 것도 아깝고, 멀리서 내 차가 들어오는 걸 보고 일부러 가까이 와준 것 같아 경계심이 풀렸다. 나는 차에서 내리며 물었다.

"예약을 하고 오려고 했는데 전화 연결이 어렵다는 말을 들어서요. 시음이 언제 가능한지만 알려고 왔어요. 제가 갑자기 와서 폐를 끼치는 건 아닌가요?"

그분은 손사래를 치며 소리를 높였다.

"피에르라고 불러! 그리고 말 편하게 해!"

그러고는 다짜고짜 트랙터를 툭툭 치며 여기 타라고 했다. 트랙터를 한 번도 타본 적이 없던 터라 잠시 망설이는 사이 할아버지가 또 툭 말을 던졌다.

"술을 맛보러 왔으면 그 술이 어디서 왔는지부터 봐야지!"

그 말에 정신이 번쩍 들었다. 너무나도 맞는 말이 아닌가!

다행히도 편한 캔버스화를 신고 온 터라 트랙터에 오르는 건 쉬웠는데, 자리가 좁았다. 피에르 씨 몸에 부딪치지 않으려고 조심하는 사이 트랙터는 뿌연 연기를 뿜으며 출발했다. 눈앞에 펼쳐지는 포도밭, 그 너머의 몽 방투Mont Ventoux(프랑스어로 바람의 산이라는 뜻으로, 프로방스에서 가장 높은 산이자 알프스 산맥으로 이어지는 산)산을 보자 마음이 깨끗하게 씻기는 느낌이 들었다. 웬만한 국립공원 풍경을 빰치는 탁 트인 전망이 너무 시원했다.

양옆에는 포도밭이 가득 펼쳐져 있고, 그 가장자리를 따라 우아한 느낌의 올리브나무가 심어져 있었다. 경사가 진 언덕 쪽을 보니, 열댓 개의 벌통이 있고 그 위로 그물이 씌워져 있었다. 내 시선이 가는 곳을 눈치챘는지 피에르 씨가 말했다.

"벌을 이용해서 포도나무의 수분을 돕는 거야. 봄에 포도밭을 지나가면 거의 뭐 벌집 아래를 지나가는 느낌이 들지."

"전 벌을 너무 무서워하는데 여름에 와서 너무 다행이네요."

벌이 윙윙거리는 소리만 상상해도 소름이 돋았다.

"말 편하게 하라니까. 그리고 벌은 너한텐 관심 없어, 꽃가루한테 관심 있지. 실제로 보면 그저 신기해서 사진 찍고 싶을걸."

피에르 씨가 안심 아닌 안심을 시켜줬다.

포도밭을 세는 단위인 1헥타르는 만 평방미터인데, 이 와이너리의 포도밭은 무려 45헥타르나 됐다. 보통 축구장 한 개의 넓이를 1헥타르로 간주하니까 마흔다섯 개의 축구장이 펼쳐져 있는 셈이다. 그 넓은 밭을 느린 트랙터로 지나가고 있자니 과연 언제 도착하는 것인지, 어디로 가는 것인지 슬슬 걱정이 됐다. 인적은 전혀 없고, 숲이 가깝게 보일수록 나도 모르게 주먹을 쥐었다. 이 모습이 언젠가 보았던 스릴러 영화의 도입부 아닌가 하는 기시감이 드는데, 이런 내 마음을 아는지 모르는지 피에르 씨는 알 수 없는 혼잣말을 중얼거렸다. 저 그르나슈 이파리가 어떻네, 저 뒤에는 곰팡이가 꼈네, 작업 좀 해야겠네 등등.

마침내 트랙터는 포도밭 끝에 다다랐다. 피에르 씨는 트랙터에서 내려 청포도가 가득한 곳으로 나를 안내했다. 올해 신상으로 출시할 화이트 와인이 될 애들이란다. 온 김에 잘 익었는지 맛을 봐야겠다며 나에게 트랙터 뒤에 있는 바구니를 들고 오라고 시켰다. 얼떨결에 바구니를 든 나는, 피에르 씨가 내미는 장갑을 끼고 포도나무 수확 전용 가위로 청포도를 몇 송이 잘랐다. 왼손잡이인 나는 가위질을 잘 못한다고 자주 핀잔을 듣는 편인데, 마침 내 손에 딱 맞는 왼손잡이용 가위였다. 그렇게 내 손으로 처음 싹둑 잘라본 청포도는 정말 꿀맛이었다.

'아니 그냥 먹어도 이렇게 맛있는데! 술을 빚고 나서 한참 기다려야 하다니!'

내 마음을 읽었는지 피에르 씨가 말했다.

"포도만 맛봐도 이렇게 맛있는데, 와인은 얼마나 맛있겠어. 안 그래?"

"안 그래도 딱 그 생각 하고 있었어요."

내가 웃으며 대답했다.

피에르 씨가 말을 편하게 하라고 한 번 더 핀잔을 줬지만, 갈색 머리보다 흰머리가 더 많아 보이는 나이 많은 분께 오히려 격의 없이 말하는 것이 더 불편했다. 하지만 포도까지 함께 따서 맛보고 나니 마음이 한결 편해졌다. 이웃집 농부 아저씨가 본인이 농사 잘 지은 포도를 뿌듯하게 구경 시켜주며 자기가 키운 걸 맛보라고 권하는 느낌이었다. 뿌듯해하는 심정이 이해가 갈 만큼 청포도는 굉장히 맛있었다.

돌아오는 길은 포도밭을 가로지를 수 있어서 조금 더 빠르게 느껴졌다. 어쩌면 내가 덜 긴장해서인지도 모르겠다. 처음 피에르 씨를 만난 장소로 돌아왔다.

"뭐부터 맛보여 줄까? 여기 와인 중에 뭐 마셔봤나?"

트랙터를 세운 피에르 씨는 손가락으로 차 키를 빙빙 돌리며 나한테 물었다.

"블라인드 테이스팅 수업 중에 A라는 와인을 마셔봤는데 너무 인상적이라서 이 와인을 만드는 곳에 꼭 가봐야지 싶었어요. 잔에 따른 지 30분 지나서 다시 마셨을 때 부케bouquet(와인이 발효 혹은 숙성되는 과정에서 더해지는 성숙하고 복합적인 향)가 완전히 열린 느낌이 정말 신기했거든요. 꽃향기도 더 느껴지고요."

"코르크 이불 아래 푹 자고 있던 와인이, 30분 지나서 완전히 깬 거지. 자고 일어나서 호흡하는 게 정말 중요하거든. 숨을 잘 쉬어야 해. 호흡할 힘이 없는 와인은 15분 지나면 처져버리지."

피에르 씨의 설명을 들으며 수업 시간에 시음해 봤던 와인을 떠올리고 있는데, 갑자기 누가 목청을 높인다.

"어이 피에르! 또 누구 붙잡고 헛소리하는 거야?"

"헛소리라니. 내 여기 짬밥이 얼만데! 내년 수확철에 또

올 건데 그때는 나 혼자서도 포도 품질 검증이 가능할걸?"

피에르 씨가 대답했다.

'내년 수확철에 다시 온다고? 멀리서 살고 있는 건가? 그럼 와이너리 경영은 외부에 맡겼단 건가?'

머릿속으로 이런저런 생각을 하고 있는데 피에르 씨에게 소리를 치던 남자가 다가왔다.

"마드무아젤, 피에르는 여기 샤토에서 매년 장기 숙박하는 단골손님이에요. 심심하니까 찾아오는 사람 붙잡고 아무 말이나 한다고. 트랙터 운전도 나한테 배웠어요."

남자는 피에르 씨에게 건넨 것과 달리 친절한 말투로 나에게 말을 건넸다.

"네? 주인이 아니시라고요?"

놀란 내가 약간 상기된 목소리로 답하자 피에르 씨가 웃으며 말했다.

"뭐 주인이나 진배없긴 하지."

"아니 그럴 거면 다음 달에 내는 세금이나 자네가 내고 말하든가."

진짜 와이너리 주인이 웃으며 답했다.

"자네, 또 손님 모시고 트랙터 드라이브 한 바퀴 했나 보군. 저 아가씨 놀랐나 본데. 진정시킬 겸 와인이나 마시러 갈까?"

진짜 와인메이커의 말을 듣고 혼란스러운 내 머릿속이 그제야 정리가 됐다. 나는 대뜸 피에르 씨에게 물었다.

"대체 얼마나 자주 오시면 트랙터도 몰 줄 아시고, 포도밭 상태도 점검하시는 거예요?"

"글쎄 내년이면 20년째 되려나? 여기 와인이 맛있기에 실제로 찾아와 봤는데, 샤토도 고즈넉하고 포도밭 전경도 멋있어서 아들놈 결혼식 피로연도 여기서 했지. 그리고 어차피 알랭은 바빠서 와이너리를 자주 비운다고. 찾아오는 손님 헛걸음하시지 않게 내가 손님 접대하고, 와인도 팔아. 그러다가 알랭한테 와인도 한 병씩 얻어먹고 하는 거지."

피에르 씨가 대답했다.

"누가 보면 내가 시킨 줄 알겠네. 뭐 이젠 사무실 책상에 현금 봉투가 놓여있으면 놀라지도 않아. '아 피에르가 또 와인 팔았구나' 생각하지."

실제 주인인 알랭 씨가 말했다.

프랑스라는 이 나라의 와인으로 빚어지는 문화에는 또 어떤 특징들이 있을까? 와인에 반해서 손님으로 왔다가 와인메이커와 막역할 정도로 친해져서 해마다 샤토에 숙박하러 오시질 않나, 그 짬밥이 쌓여서 와이너리에 찾아 오는 다른 고객을 접대할 정도라니 너무 신기했다. 그리고 그런 손님과 흔쾌히 친구가 되어 와이너리를 맡기다시피 하고 다른 볼일을 보러 다닐 수도 있다니. 정말 프랑스라서 가능한 일인 것만 같았다. 오늘 겪은 이 색다른 경험을 어떻게든 기록해 두어야겠다 생각하고 있는데, 와이너리 카브 입구에서 두 친구분이 나를 불렀다.

"술 식겠네 참. 얼른 오라고!"

포도밭 한가운데서 들리는 우주의 음악

처음에는 여느 와이너리와 다를 게 없다고 생각했다. '발이 편한 신발을 신을 것, 향수도 뿌리지 말 것. 단 데오드란트 형태의 청결제 정도는 사용 가능, 방문 전 풍선껌이나 사탕은 먹지 말 것' 등의 지침은 흔한 견학 안내서와 비슷했다. '바이오다이내믹'이라는 타이틀이 상품성을 강조하기 위해 너무 과장된 표현이 아닐까 싶기도 했다. 바이오다이내믹 와인을 생산한다는 와이너리를 방문하러 가면서 나는 솔직히 궁금증 못지않게 의구심도 들었다.

학교를 출발해 론 지방Vallée du Rhône의 유명한 아펠라시옹 지역을 가로지르자, 차창 밖으로 넓게 펼쳐진 포도밭들이 휙휙 스쳐 지나갔다. 그때가 마침 여러 와이너리에 인턴을 지원하는 시기여서 우리는 풍경을 감상하기보다 과연 어디로 지원서를 넣어볼지 수다를 떠느라 바빴다.

어느 틈엔가 창밖 풍경이 바뀌어 있었다. 갑자기 길을 잃기라도 한 듯 좁고 이상한 길로 버스가 들어서 있었다. 〈센과 치히로의 행방불명〉에 나오는 장면이 생각나기도 했다. 그렇게 숲 한가운데를 헤쳐나가듯 버스가 나가고 있는데, 허름하고 단순하기 그지없는 와이너리 간판이 떡하니 나타났다. 입구에서는 약속시간에 맞춰 우리를 기다리고 있던 그곳 와이너리의 와인메이커가 사람 좋은 웃음을 짓고 있었다.

입구에는 영국의 스톤헨지를 떠올리게 하는 유적 같은 돌기둥이 있었다. 우리는 그 입구를 지나 포도밭으로 걸어갔다. 포도밭에 다다를 즘 와인메이커가 우리에게 주의를 주었다.

"사뿐사뿐 걸으세요. 목소리도 가능하면 낮춰주세요."

"왜 그래야 하죠?"

와인메이커의 말이 끝나기 무섭게 질문이 던져진다.

사소하지만 이런 상황에서 나는 문화 차이를 느낀다. 견학을 온 학생 입장에서 이곳의 와인메이커가 조심해 달라고 부탁하면, 한국식 교육을 받은 나는 자연스럽게 그 말에 따르며 한편으론 그 이유를 머릿속으로 추측해 본다. 설사 납득이 가지 않는 점이 있더라도 견학을 하고 난 후 조심스럽게 물어본다. 하지만 프랑스 사람들은 납득할 수 없는 규칙이 있으면 그 규칙이 왜 존재하는지 먼저 알고 넘어가야 직성이 풀리는 듯했다.

"크게 들리진 않지만 지금 음악이 나오는 시간이거든요. 포도나무들이 선율에 귀 기울이고 있을 텐데 여러분 목소리가 너무 크면 방해가 됩니다."

와인메이커가 차근차근 설명해 주었다.

"사뿐사뿐 걸어야 하는 이유는 뭔가요?"

대답이 끝나자마자 다른 동료가 발걸음도 조심해야 하는 규칙에 대해 물었다.

"황소자리, 처녀자리와 염소자리는 땅에 관련된 별자리입니다. 달이 이 세 별자리를 지나치는 날을 '뿌리의 날'이라고 하는데, 이날 토양을 관리해 주면 뿌리에 건강한 에너지가 전달됩니다. 바로 엊그제가 뿌리의 날이었지요. 포도나무와 토양이 건강한 에너지를 주고받고 나쁜 에너지를 바깥으로 내보낼 수 있도록 작업을 해두었는데, 사람의 체중을 실은 발자국으로 우리 아가들에게 혼란을 주지 않았으면 해서 여러분께 부탁드립니다."

와인메이커는 프랑스어로 정확하게 "아기(bébé)"라는 단어로 표현했다. 나뿐 아니라 동기들도 그 표현이 인상적이었는지 조금씩 웅성거렸다. 분위기를 가다듬을 필요를 느낀 듯 와인메이커가 우리에게 질문을 던졌다.

"여러분은 유기농 와인과 바이오다이내믹 와인의 차이점이 뭔지 아십니까? 아는 사람은 손들어 보세요."

몇몇이 손을 들자, 담당자가 말을 이었다.

"가장 큰 차이점이 뭔지 말해볼 수 있는 사람?"

그 질문에도 손을 내리지 않은 몇 가운데 담당자가 한 명을 지목했다.

"음력 달력에 맞춰서 포도 농사를 짓는 거요."

"음, 차이점이라고 할 순 있지만 가장 큰 차이점이라고 할 순 없습니다. 혹시 다른 의견 있는 사람?"

담당자가 대답했다.

뒤쪽의 누군가 손을 들고 말했다.

"인증 로고요. 하나는 초록색 잎Euro-leaf(유로 리프. 유럽 유기농 인증 로고)이고 하나는 데메테르Demeter(1920년대에 창시되어 100년 넘은 역사를 자랑하는 바이오다이내믹 농업의 국제 표준 기구. 오렌지 색 바탕에 화이트 색상으로 쓰인 Demeter가 인증 로고)예요."

담당자가 대답했다.

"로고가 다르긴 하죠. 하지만 진짜 궁극적인 차이점은 그게 아닙니다. 바이오다이내믹 농법과 유기 농법 둘 다 원칙적으로 인증된 바이오다이내믹·유기농 사료 및 비료만을 사용합니다. 다만 유기 농법에서는 사료나 비료가 유기농이기만 하면 되지만, 바이오다이내믹 농법의 최종 목표는 자급자족입니다. 이것이 가장 큰 차이점입니다. 즉 바이오다이내믹 농법으로 가축을 키우려면 농장에서 가축에게 먹일 사료도 생산해야 합니다. 포도농사는 더 힘들어요. 바이오다이내믹 농법으로 포도농사를 짓는 곳에서는 포도농사에 활용되는 모든 자원이나 유기체들에 대한 기준이 엄청나게 까다롭습니다. 유기 농법으로 짓는 포도농사는 유기 농법에 필요한 재료와 도구를 구매하면 쉽게 기준을 맞출 수 있지만, 바이오다이내믹 농법은 비 영리적인 방법으로 농장 안에서 모든 것을 해결해야 합니다."

"농장 안에서 모든 것을 해결한다는 게 더 구체적으로는 무슨 뜻인가요?"

동기 중 한 명이 질문했고, 와인메이커가 설명을 이어

나갔다.

"달팽이는 포도 알맹이보다는 잎을 더 좋아합니다. 봄과 초여름, 포도나무들이 잎을 피울 때 달팽이가 정말 골칫거리입니다. 평범한 생산자들은 으레 살충제를 뿌려서 달팽이를 없애지만, 우리 같은 바이오다이내믹 와인 생산자들은 오리를 풀어 둡니다. 바구미도 마찬가지입니다. 딱정벌레과에 속하는 바구미는 유충일 때 포도나무 뿌리도 먹고, 성충이 되면 새싹을 뜯어먹어 버립니다. 이 바구미를 없애는 데 일등공신이 바로 닭입니다. 아침에 풀어놓으면 닭은 하루 종일 포도밭을 돌아다니며 뾰족한 입으로 바구미와 유충을 모두 잡아먹습니다. 정말 효과적이죠. 그래서 바이오다이내믹 와이너리에서는 닭과 오리를 직접 키우는 곳이 제법 있습니다. 여건상 키울 수 없어서 가까운 사육업자와 협업하는 곳도 있죠. 사육업자들은 닭과 오리들을 배불리 먹일 수 있어서 좋고, 우리는 골칫덩어리들을 친환경적으로 없앨 수 있으니 상부상조 아니겠습니까? 게다가 닭이나 오리들은 해충만 먹는 게 아니랍니다. 포도밭 사이를 이리저리 오가며 싸는 똥오줌은 훌륭한 거름이 됩니다. 사육업자들은 친환경 먹이로 키운 고기라고 홍보할 수 있으니 이보다 더 나은 해결책이 없을 것……."

설명을 하던 와인메이커는 갑자기 새들이 지저귀는 소리가 들리자 입에 검지를 갖다 댔다. 우리 일행은 숨을 죽인 채 이리저리 날아다니는 새들을 유심히 지켜보았다. 한참을 짹짹거리던 새들은 저 멀리 포르르 날아갔다. 그제야 와인메이커가 다시 입을 열었다.

"갑자기 바람이 불거나, 빗소리가 들리기 시작하거나, 새들이 지저귀거나 하는 것들이 모두 우주에서 들려오는 좋은 음악이나 다름없습니다. 우리 포도나무들이 이 우주의 음악만을 온전하게 즐길 수 있도록, 인간은 잠시 대화를 중단할 필요가 있습니다. 태초에, 인간이 아직 없고 자연만물만 존재했을 때를 한번 상상해 보세요. 그때처럼 우주에서 오는 기운이 자연에 그대로 전달되도록, 인간의 개입을 줄이는 것입니다. 바이오다이내믹 생산자는 마치 포도밭을 지키는 파수꾼이라고 보시면 됩니다. 포도밭 전체가 건강한 상태를 유지할 수 있도록, 타고난 그대로의 잠재력을 발휘할 수 있도록 중간자 역할을 하는 것입니다. 인간은 아주 오랜 세월 동안, 좋든 싫든 간에 생태계를 광범위하게 변화시키며 지배종의 역할을 수행해 왔습니다. 하지만 다들 알다시피 결코 바람직한 변화만 있었던 건 아니었죠. 그렇다고 생태계에서 인간을 아예 지우자는 말은 당연히 아니에요. 우리 바이오다이내믹 농법에서는 인간이 자연에 매우 큰 개입을 할 수 있는 존재라는 걸 인식하고, 그 역할을 한정해야 한다는 것부터 인정하고 시작합니다. 땅과 하늘이 주고받는 건강한 에너지의 균형을 맞춰주고, 생태계가 바르게 순환되고 흘러갈 수 있도록 각자의 방향성을 찾도록 도와주는 역할만 자처합니다. 생태계가 처한 문제는 생태계 스스로의 치유와 회복을 도모할 수 있도록 되도록이면 관찰자 입장을 견지하되, 정말 어쩔 수 없는 상황에서만 개입하는 겁니다. 건강을 유지하려면 좋은 음식을 먹고 충분한 휴식을 취하는 것이 최선이지만, 그러다가 어디가 아프면 한방에서는 그 아픈 부위에만 침을 놓아 치료를 하는 것처럼 말입니다. 상상이 가십니까?"

마침 그 자리에 내가 유일한 아시아 사람인 탓에, 와인메이커가 침술을 언급할 때 그뿐 아니라 모두의 시선이 나에게 쏠리는 느낌이 들었다. 개인적으로 침술을 잘 안다고 할 순 없지만, 다른 동기들보다 그나마 내가 좀 더 한의학에는 익숙할 거라 생각하며 나는 와인메이커에게 동의하는 눈짓을 보내줬다.

설명을 마치고 난 와인메이커는 우리에게 무리 지어있지 말고 각자 흩어져서 포도밭을 돌아보라고 권했다. 우리 인간은 이 대자연에 비하면 극히 일부에 지나지 않는다는 사실을 상기하고, 발소리와 음성을 낮추고 주변을 돌아보라는 것이었다. 처음에는 무슨 소리가 들린다는 건지 감이 잡히지 않았다. 사람들의 말소리가 들리지 않으니 적막함과 고요함이 느껴진다고 말할 정도?

이러한 소리의 여백이 있었던 순간이 떠오르기도 했다. 고등학생 시절, 잔뜩 화가 난 담임선생님의 포효에 교실 전체가 바짝 얼어붙듯 조용했던 때, 반 친구들이 모두 집으로 돌아가고 나 홀로 교실에 남았을 때, 내가 책장을 넘기는 소리가 교실을 울리는 것에 새삼 놀라워하던 순간이 기억났다. 그러더니 머릿속의 기억도 날아가고 놀랍게도 평소에 전혀 생각도 못 했던 소리들이 들려오기 시작했다.

잔잔한 바람이 부는 소리, 내 발 밑에서 흙과 자갈이 구르는 소리, 가까이 그리고 멀리 날아다니는 여러 새들의 지저귐, 풀벌레 소리, 머잖은 곳에서 들려오는 졸졸거리는 물 흐르는 소리……. 그리고 내가 무서워하는 벌이 어딘가에서 윙윙거리는 소리가 들리는 것도 같아서 살짝 긴장이 되었다.

나는 고개를 숙여 포도밭 바닥을 내려다보았다. 자세히 살펴보니 수많은 벌레들이 부지런히 바쁜 걸음을 옮기고 있었다. 새삼 신기했다. 흔히 와인을 떠올리면 포도라는 과일까지밖에 인식이 확장되지 않는다. 와인을 만드는 것이 포도라면, 포도를 키우는 유기적인 존재가 있을 것이다. 나는 지금껏 햇살, 바람, 물, 시간으로 생각했는데, 그게 다가 아니었다. 지금 이 순간에도 내가 생각지도 못한 동식물들이 포도밭에서 포도나무와 끊임없이 활발한 소통을 이어나가고 있었다.

내 귀에 들리진 않지만 포도나무들은 알겠지. 저 곤충들 덕에 꽃을 피우고, 곤충들이 처리한 유기물로부터 새로운 영양분을 얻는다는 사실을. 서로가 서로를 얼마나 든든하게 생각하고 있을까 상상하고 있는데, 조금 전 와인메이커가 언급했던 '우주의 음악'이 들렸다. 바람이 한차례 불더니 새들이 동시에 지저귀기 시작한 것이다. 혹시 방해가 될까 봐, 걸음을 더 옮기지 않고 새소리가 잠잠해질 때까지 한참을 서있었다. 그리고 내가 미처 생각지도 못한, 크고 작은 인연을 맺고 나와 소통하고 있는 사람들을 떠올렸다. 왠지 그 순간, 나는 이곳이 프랑스의 낯선 와이너리라는 공간이란 걸 떠올릴 새도 없이 그저 평화로웠다.

포도나무는 100퍼센트의 와인을 허락하지 않는다

포도밭에서 만난 이상한 새집

와인 컨설턴트가 되고부터 업무상 와이너리 여러 군데를 들러야 하는 날이 제법 있다. 그런 날은 식사를 하기가 어쩐지 애매하다. 일부러 식사 약속을 잡지 않는 이상, 프랑스 사람들과 업무 중에 식사까지 함께하는 경우는 드물다. 와인 테이스팅을 할 때 간단한 주전부리가 나오기도 해서, 식사를 챙기기에도 안 챙기기에도 애매할 때가 많다.

미팅을 마치고 다른 와이너리로 이동하는 길에 간단하게 끼니를 때울 수 있으면 얼마나 좋을까? 한국에선 쉽게 찾아볼 수 있는 편의점은 고사하고, 슈퍼마켓이나 식료품점이라도 만나면 감지덕지다. 와이너리와 와이너리를 잇는 길에 찾아볼 수 있는 것이라곤 산 아니면 밭이다. 간혹 마을이 나타나더라도 외부인들이 별장으로 쓰는 집 몇 채가 있을 뿐이다.

그러다 보니 꽤 자주, 포도밭 근처에 차를 세워두고 간단하게 집에서 싸온 도시락으로 식사를 한다. 처음에는 다른 방법이 없어서 포도밭에 온 것이었는데, 여러 번 찾다 보니 익숙해졌다. 식사를 마치고 포도밭을 산책하며 관찰하는 습관도 생겼다. 물론 생판 모르는 사람의 포도밭을 기웃거릴 순 없어, 주인을 아는 밭만 찾아간다. 포도밭 주인과 안면이 없더라도 그 사람이 어느 협동조합인지 알아두는 것이 좋다. 그래야 밭에서 일하는 분들을 우연찮게 마주치더라도 어색하지 않다.

사실은 포도밭을 찾더라도 일하는 분들을 마주치는 경우가 드물다. 내가 도시락을 먹는 시간이 그들에게도 점심을 먹고 쉬는 시간인지 마주치는 일이 거의 없다. 오히려 포도밭이 제 집인 양 이리저리 누비고 다니는 야생동물들을 더 자주 만난다.

한두 번 놀러 온 것이 아닌 듯, 내 인기척에도 전혀 놀라지 않고 오히려 호기심을 품고 다가오는 녀석들도 있다. 토끼는 인기척을 느끼는 순간, 제자리에서 잔뜩 긴장한 눈초리로 나를 빤히 쳐다본다. 마치 "못 보던 인간인데? 누구냐, 어디서 온 거야?" 하고 묻는 것 같다. 포도밭을 찾는 새들은 싱글인 녀석들이 없다. 주로 짝을 지어 다닌다. 데이트 중인지 내 존재는 거의 신경을 쓰지 않는다. 그들에게 관심을 갖는 건 오히려 나다.

실제로 만나본 적은 없지만 포도농사에 막대한 해를 입히는 동물들도 있다. 멧돼지나 두더지들은 주로 밤에 나타나 포도밭을 훼손한다고 한다. 때문에 이들의 출입을 막으려고 기계장치를 설치하는 와이너리도 있다. 초음파를 발생시키거나 땅에 물리적 진동을 주는 원리이다. 이렇게 하면 사람에게 해롭지 않으면서도 동물들에겐 자극을 줄 수 있다. 야생동물의 특성상 무언가에 놀라서 도망가면 같은 장소를 다시 찾아오지 않는다고 한다.

유기농이나 바이오다이내믹 농법을 운영하는 와이너리의 포도밭에서는 이색적인 풍경을 볼 수도 있다. 앞서 이야기한 대로 바이오다이내믹 방식으로 포도를 가꾸는 와이너리에서는 오리와 닭들을 풀어 해충을 없애는데, 양들을 포도밭에 투입하는 곳들도 있다. 양들로 하여금 잡초를 뜯어먹게 하는 것이다. 와이너리에 양 떼가 노니는 모습을 보고 있으면 참 신기하다. 멀리서 보면 구름들이 두둥실 포도밭을 떠다니는 것 같다.

포도밭에서 피크닉을 하듯 점심을 먹는 방법을 터득하게 된 다음부터 나는 아예 자동차 트렁크에 쿠션을 하나씩 실어놓게 되었다. 어느 날, 돌이 많은 밭 가장자리에 쿠션을 깔고 집에서 챙겨온 샌드위치를 먹고 있는데, 포도밭에서 누군가가 새장을 설치하고 있는 모습이 보였다. 낯선 풍경에 호기심이 발동했다.

'혹시 포도송이를 쪼아 먹는 새들이라도 있는 걸까? 대체 새장을 만드는 이유가 뭐지?'

포도밭에 새장을 설치한다는 이야기는 들어본 적이 없었다. 나는 서둘러 샌드위치를 먹고 새장 가까이 다가갔다.

"여긴 포도밭인데, 새장을 설치하시는 건가요? 새들 쉼터 같은 곳인가요?"

뚝딱뚝딱 망치질을 하던 지긋한 중년 아저씨는 손을 멈추고 고개를 돌려 나를 쳐다보았다.

"그럴 리가요. 박쥐들 오라고 만드는 거예요."

"박쥐요?"

전혀 생각지 못한 대답에 놀란 내가 반문했다.

"네, 박쥐요. 여기로 날아와서 나방을 잡아먹어 달라고 숙소 만들어 주는 거예요. 그래야 포도에 곰팡이가 안 피거든. 그리고 박쥐는 밤잠이 없어서 밤에 꼬이는 해충들도 다 처리해 줘요. 우리한테도 살충제 사서 뿌리는 것보다 경제적이고, 박쥐들은 먹을 게 생겨서 좋고, 살충제 안 쓰니 자연에도 이롭고."

박쥐를 위한 집이라는 설명을 듣고 보니 새집치고는 어쩐지 앞이 너무 막혀있고, 집 형태가 너무 납작했다. 반면 일반 새집보다 길이는 더 길어 보였다. 이렇게 하면 박쥐가 찾아온다는 말도 신기하고, 어두컴컴한 동굴에나 살 법한 박쥐들에게도 집이란 것을 만들어 줄 수 있다는 사실도 놀라웠다.

호기심 가득한 시선으로 박쥐 집을 요리조리 구경하는 나에게 호응해 주듯 아저씨는 친절하게 설명을 이어나갔다.

"하긴 나도 이쪽 일 하고 나서 처음 봤어. 박쥐가 또 좋은 게, 걔들이 싸는 똥이 엄청 좋은 비료가 되거든. 해충을 없애주는 것만도 기특한데, 그걸 잡아먹고 배설하는 똥이 포도밭을 기름지게 하는 거지. 얼마나 고맙냐고! 그래서 우리가 겨울에는 휴가도 주잖아."

흥이 나듯 말을 하는 아저씨의 끝마디는 한껏 올라가

있었다.

"겨울에 휴가를 준다고요? 그러면 집을 잠시 철거하시나요?"

농담을 구분 못 하고 순진하게 되묻는 내 질문에 아저씨는 웃음기 어린 말로 대답했다.

"어디 가서 사기당하기 딱 좋은 아가씨네! 겨울엔 어차피 곤충이 없어요. 박쥐들도 겨울잠이나 자겠지 뭐."

맞는 말이었다. 전혀 생각지도 못한 이야기에 빨려들어가듯 집중하다 보니 상식 밖의 질문을 한 것 같아 나도 아저씨를 따라 웃을 수밖에 없었다.

와인의 세계에 박쥐도 한몫하고 있다니, 정말 상상할 수 없는 이야기다. 와인을 배울 때도, 와이너리에 근무하면서도 알지 못했던 사실이다. '와인 유니버스'는 과연 어디까지 가능할까? 이젠 웬만큼은 안다고 자부하면 뜻밖의 순간에서 내가 얼마나 덜 성숙했는지 깨닫게 된다. 와인도, 인생도 정말이지 깊이를 알 수 없다.

35년 후 포도나무가 마주하는 두 개의 운명

거래를 하고 있는 와이너리에 들렀다가 나와 보니 옆 와이너리에서 포도를 수확하고 있었다. 올해 빈티지는 어떠한지, 포도 상태는 어떠한지 궁금해서 잠시 들러 구경을 하기로 했다. 사람들이 옹기종기 모여 손으로 수확하는 모습을 지켜보다가 무심코 고개를 돌린 내 눈에 바로 옆 포도밭 울타리에 있는 작은 표지가 들어왔다. 그 너머에는 여느 포도나무에 비해 연식이 상당해 보이는 나무들이 모여 있었다.

수확이 끝나면 뽑아 버리기로 한 나이 든 나무들일 테다. 아마 올해가 저 아이들에겐 마지막 생이겠지. 마치 은퇴를 앞두고 현역으로 마지막 올림픽에 출전한 운동선수 같은 느낌이 들었다.

서른다섯 해를 살아낸 포도나무의 운명은 보통 두 가지로 나뉜다. 흔히 말하는 '올드 바인' 와인을 만들기 위해 삶이 연장되거나, 생산성이 낮다고 평가받으면 새로운 묘목에게 자리를 내주기 위해 뽑혀나간다. 살아남은 포도나무는 극진한 보호를 받는다. 쉰 살에 이르면 이른바 '올드 바인'이라 불린다. 그 오랜 세월을 버틴 만큼 땅속 깊이 튼튼하게 자리 잡은 뿌리가 질 좋은 영양분과 수분을 끌어올린다. 이러한 나무에 맺힌 포도송이는 보통 나무들보다 수가 적지만, 어찌나 맛이 좋은지 야생동물들이 노리는 먹잇감이 된다. 때문에 다른 나무들보다 세심한 보호를 받는다.

반면 뿌리째 뽑힌 나무들은 태워지고 만다. 포도나무를 뽑자마자 그 자리에서 바로 태우면 나무에 남아있는 성분들이 가까운 나무들로 옮겨 가 곰팡이를 일으킨다. 때문에 뽑히고 다른 장소로 이동한 다음에야 태워진다. 포도나무로서 같은 세월을 견뎌내고도 황혼에 마주하는 운명이 극명하게 갈리는 셈이다.

한참 수확이 이루어지고 있는 밭 아래쪽에는 포도나무

묘목이 심겨있었다. 뿌리를 내리고 한두 해 남짓 넘긴 나무들일 것이다. 저렇게 어린 나무들이 와인으로 만들 수 있는 포도송이를 맺기까지는 보통 3년 정도의 시간이 걸린다. 인간으로 치면 서너 살 먹은 아기 수준이다.

이 기간에 와인메이커는 포도나무 주변의 잡초를 제거하고 각종 병충해 예방을 해주며, 덩굴나무인 포도의 특성상 포도나무가 덩굴손을 뻗으며 자라날 수 있도록 울타리를 쳐준다. 이때 시링 작업이 가장 중요하다. 자라날 포도송이들이 햇빛을 충분히 받을 수 있도록 방향을 잡아주는 것이다. 와인메이커들은 어린 포도나무들이 스스로 자리를 잡을 때까지 물심양면을 아끼지 않는다.

스스로를 포도 농사꾼이라고 일컫는 와인메이커들은 포도나무가 일곱 살이 될 때까지 큰 병충해에 시달리지 않고 건강하게 뿌리내리기만 하면 바랄 것이 없다고 말한다. 갓 심은 묘목들을 '베베'라고 부르며 애지중지하는 이들의 모습을 보면 아이를 키우는 엄마, 아빠의 마음을 충분히 짐작하고도 남는다.

포도나무는 최대 125살까지 산다고 알려져 있지만, 모든 포도나무가 백 년 넘게 사는 것은 아니다. 인간이 백 살 넘게 사는 것이 흔하지 않은 것과 같다. 포도나무가 백 년을 넘으면 와이너리에서는 별도로 표식을 해둔다. 이러한 나무는 그랑 크뤼Grand Cru(부르고뉴나 알자스, 보르도 등 와인 생산지로 유명한 지역에서 뛰어난 포도밭으로 꼽히는 곳) 지역에서는 와인메이커의 자랑이 된다.

백 년 묵은 포도나무는 한눈에 봐도 껍질이 한층 더 두꺼운 반면, 포도송이는 너무나 적다. 이런 포도는 아주 조금만 다른 와인에 섞어도 그 차이를 확연히 느낄 수 있을 만큼 존재감이 뚜렷하다고 한다. 그래서 이렇게 연륜이 있는 포도나무의 포도가 와인에 사용되면 라벨에 표시하기도 하고 좋은 마케팅 포인트가 된다.

하지만 모든 와이너리에서 이러한 고령의 포도나무로 와인을 만들지는 않는다. 저토록 오랜 세월을 겪기까지 좋은 와인을 만드느라 충분히 고생했을 텐데, 끝까지 엑기스를 뽑아내겠다고 하는 건 인간의 욕심이라고 생각하는 와인메이커들이 꽤 있기 때문이다. 30~40년 동안 열심히 일한 다음에 은퇴를 맞이하는 인간들처럼, 포도나무에게도 휴식을 주는 셈이다. 와인이 될 포도송이를 열심히 피워내는 부담감에서 벗어나 필요한 만큼만 양분을 섭취하고 나무로서 삶을 마칠 때까지 평화롭게 살라는 것이다.

이런 나무는 와이너리에서 나름 존재감을 드러내고 역

할을 맡기도 한다. 고객들에게 방문을 기념하는 사진에 담을 수 있는 훌륭한 소재이자 볼거리이다. 그간의 고생을 뒤로하고 한숨 돌리듯 쉬면서 평생을 바친 와이너리의 상징으로 자리매김하게 된다.

나이 지긋한 포도나무를 보고 있으면 자연스레 와인 업계에서 뚜렷한 족적을 남긴 몇몇 분들이 떠오른다. 주로 와인메이커로 오랫동안 일하다가 은퇴하고 컨설턴트나 다른 와인메이커들의 멘토로 활동하는 분들이다. 그중에서도 와인 대학교에 다닐 때 외부 강사로 와인을 가르쳐 주셨던 필립 씨(가명)가 가장 먼저 생각난다. 와인을 이야기할 때마다 눈빛이 반짝거렸던 그분은 처음부터 와인에 열정을 품었던 건 아니라고 했다.

필립 씨는 18세기 이후 대대로 와인을 만들어 온 집안에서 자라났다. 가족뿐 아니라 친척들도 엎어지면 코 닿을 데 모여 살았고, 자연스럽게 어린 시절부터 사촌들과 어울리며 포도밭을 놀이터 삼아 뛰어다녔다. 하지만 자랄수록 그는 매일 얼굴을 마주하고 사는 가족과 일까지 함께해야 하는 환경이 지겹게 느껴졌다. 그는 가업에서 벗어날 핑계를 찾아 공고로 진학해 자동차 정비를 배웠고,

전문대학에 진학해 파리로 거처를 옮겨 자동차 딜러로 사회 생활을 시작했다.

일은 나름 재미와 보람도 있었다. 폐쇄적인 시골과 달리 대도시에서 익명으로 살아가면서 자유를 마음껏 누리기도 했지만, 경제적 여건은 너무도 불안했다. 월급에서 이런저런 생활비용을 지불하고 나면 한 달 한 달 일상을 버티기가 빠듯했다. 철저하게 판매 성과로 매달 소득이 달라지는 생활이 조금씩 힘에 부치고 있었다.

그러던 중 "차 팔러 가더니 할애비 얼굴 보러 오는 건 잊었냐"는 할아버지의 성화에 못 이겨 오랜만에 고향의 집을 방문하게 되었다. 손자를 만난 할아버지는 준비해 놓은 와인을 건넸다.

"네가 태어난 해 만든 와인이다. 마셔보렴."

그 와인은 애호가들 사이에서 20세기 최고의 빈티지로 일컬어지는 1945년 빈티지였다. (1939년 2차 세계 대전이 시작되면서 와이너리를 뒤로한 채 피난길에 오른 와인메이커가 많았다. 포도밭은 방치될 수밖에 없었고 전쟁이 끝난 1945년에야 제대로 된 수확을 할 수 있었는데, 관리가 안 되어 인간의 손길을 받지 못한 탓에 포도는 가장 자연에 가까운 상태에서 스스로 성장했다. 즉 요즘 많이 언급되는 '내추럴 와인'이 만들어진 것이다. 이 해에 수확된 포도는 양이 굉장히 적었지만 과즙이 농축되어 있고 짙은 붉은빛을 띠며 탄닌이 풍부한 와인으로 탄생했다.)

"저는 아직도 제 뇌리를 강타한 그 맛을 잊지 못합니다. 수천 병 넘는 와인과 섞어 블라인드 테이스팅을 한다고 해도 그 와인을 찾아낼 수 있습니다."

필립 씨의 마음을 되돌리기 위해서는 그 와인 한 모금이면 충분했다. 그는 미련 없이 자동차 딜러 일을 그만두고 집으로 돌아왔다. 공백이 길었던 만큼 와인과 관련된 일은 처음부터 다시 배워야 했다.

그는 할아버지와 마셨던 궁극의 빈티지를 다시 만들어 보겠다는 목표가 생겼다. 다양한 연구와 실험을 거쳐 그는 베스트셀러로 자리매김한 퀴베cuvée(와인의 종류를 세는 단위)를 수차례나 만들어 냈다. 와인메이커로 이름을 날린 그에게 언론 쪽에서 인터뷰 문의가 쇄도했다. 프랑스뿐 아니라 해외 방송국에서도 인터뷰 요청이 들어올 정도였다. 방송에 일일이 출연할 수 없어 여러 차례 고사했는데, 오히려 그 점 때문에 이전보다 많은 관심을 받게 되었다.

정신없이 마흔 해를 그렇게 열정적으로 일하고 은퇴하

던 날, 그는 와이너리에서 가장 아끼던 포도밭에서 늙은 포도나무 몇 그루를 집으로 가져갔다. 오래된 나무일수록 땅속 깊이 뿌리를 내리기에, 마지막 근무일에 나무를 옮길 수 있도록 미리 사전 작업을 해두었다.

"이 친구들도 은퇴해야지. 더 이상 열매 맺는 데 힘 빼지 않게 해줄 거야. 가지랑 순만 좀 쳐주고 이제 편안하게 쉬게 해줘야지."

그는 정원 한쪽에 그 나무들을 심고 바로 앞에 작은 티테이블을 놓아두었다. 그 나무들을 보며 와인메이커로 활동하던 시절을 추억하면서 차 한 잔씩 하시는 게 낙이라고 한다. 가끔 가지치기를 해주면서 오랜 동료와 농담을 주고받듯 나무에게 따뜻한 말 한마디도 건넨다고 한다.

"동고동락하며 환상적인 호흡을 맞춰왔던 동료가 은퇴한 다음에도 이렇게 곁에 있어주니 얼마나 행복한지 모릅니다. 무수한 시행착오를 거쳐 마음에 드는 와인을 만들었던 순간, 아무리 블렌딩을 해봐도 답이 보이지 않고 거대한 벽을 마주한 것 같은 막막했던 순간 모두 이 친구 덕에 더없이 기쁘기도 하고, 절망을 이겨낼 수도 있었습니다. 이제 우리는 매일매일이 바캉스예요."

흘가분하게 웃는 필립 씨의 얼굴에 잡히는 주름에서 남

다른 위용을 풍기는 고령의 포도나무가 겹쳐 보였다. 그와 같은 은퇴를 마주할 수 있는 사람은 포도나무만큼이나 적을 것이다. 자연스레 훗날의 내 모습을 그려보기도 한다.

나는 어떤 자리에서 어떤 심정으로 은퇴를 맞이하고 있을까? '올드 바인'이라는 표식이 붙지 않더라도 와이너리를 자주 찾는 몇몇에게는 좋은 기억이 남아있는 포도나무가 되어보길 희망해 본다.

100퍼센트의
와인

사실 와인은 늘 공부해야 한다는 부담을 갖고 산다. '공부'라는 표현이 너무 거창할지 모르겠다. 와인과 관련된 새로운 정보(문화·과학·역사 등)에 민감해지고 지식을 넓히는 일이 많아졌다는 말이다. 일하다 보면 자연스럽게 얻게 되는 지식도 있고, 라디오나 티브이 뉴스에서 와인에 관한 소식이 나오면 하던 일을 멈추고 눈과 귀에 집중한다.

기존에 알고 있던 것과 완전히 반대되는 정보를 접하게 되는 날엔 당황스러움이 제법 오래간다. 어느 날은 나도 꽤 준수한 와인 전문가가 된 것 같은 기분이 들기도 하지만, 내가 과연 와인을 얼마나 알고 있는 걸까 하고 스스로를 의심하기도 한다. 와인 종주국으로 자부하는 나라에서, 태어나면서부터 와인을 자기 삶의 일부로 여기고 살아온 사람들 틈에 살면서 가끔씩 나도 모르게 의기소침해지는 순간이 있는 듯하다. 와인을 공부할 대상으로 삼은 나는 프랑스 사람들과 확실히 출발점이 다르다는 느낌이 들 때가 많다.

아무리 열심히 공부를 해도 자신감보다 불안감이 더 많은 날이 많다. 와인 시음을 하거나 심사하는 자리에서도 마찬가지다. 언제쯤이면, 얼마나 경험을 쌓고 나면 더 이상 일희일비하지 않고, 프랑스에서 와인 전문가로 일하고 있는 나를 있는 그대로 받아들일 수 있을까?

돌아보면 와이너리에서 일하던 시절에도 비슷했던 것 같다. 학과 과정을 막 끝내고 인턴으로 와인이라는 세계에 첫발을 내딛고, 와인 시음을 혼자 진행하게 되었을 때 얼마나 기뻤는지 모른다. 뒤늦게 와인으로 인생의 방향을 새롭게 설정하고, 아무것도 모르고 그저 마실 줄만 알았던 내가 차츰 전문적인 와인 지식을 갖추게 된 게 뿌듯했고, 고객들의 입맛에 따라 와인을 소개하고 줄줄 설명할 줄 아는 게 기특했다. 그렇게 몇 달이 지나고 나자, 고객들이나 동료 직원들에게서 칭찬을 받으면 기분이 묘했다. 그들의 말을 곧이곧대로 듣고 좋아해도 되는 것인지 고민하게 되었다. 혹시 그 칭찬에는 더 잘하라는 뜻이 내포된 것은 아닐까 하는 생각이 들었다. 아마 상대방 입장에서는 진심으로 칭찬을 해주었는데 반응이 미적지근해 보여 의아했을 것이다.

와인메이커나 상사가 건네는 칭찬도 마찬가지였다. 행사를 성공적으로 마쳤을 때나 역대 최고의 판매액을 기록했을 때, 나를 생각해서 좋은 이야기를 해줄 때도 마냥 기쁜 마음으로 듣지 못했다. 어느 순간부터는 '오늘은 이렇게 무사히 넘겼는데, 앞으로 더 어려운 임무가 주어지면 어쩌지?' 하는 걱정이 앞서기 시작했다. 와인의 세계가 얼마나 넓고 깊은지를 깨닫고 앞으로 가야 할 길이 얼마나 길고 험한지 피부로 깨닫게 되면서, 나에게 쏟아지는 칭찬이나 격려를 긍정적으로 받아들이지 못한 것이다.

자존감이 낮은 편도 아니기에 이런 내 모습을 인식하게 되었을 때 나는 적잖이 당황했다. 언제부터 성향이 이렇게 달라졌을까 생각해 보니 와인을 공부하면서 나도 모르게 내가 조금씩 바뀌고 있었다. 와인 업계에는 내로라하는 전문가들이 너무도 많다. 세계적으로 유명한 와인메이커들이 즐비하고, 칼럼니스트며 기자들도 빼곡하게 포진해 있다. 빽빽한 이들 틈바구니에서 내가 과연 내 자리를 마련할 수 있을지 염려됐다.

애초에 와인을 배우던 단계에서 철저히 혼자였던 점도 영향을 받은 것 같다. 동기들은 척척 이해하는데 나만 머리와 마음으로 받아들이기까지 오래 시간이 걸리고, 내가 이해한 것이 맞는지부터가 의문이었다. 프랑스 사람이 아닌 다른 관점에서 함께 이야기를 나눌 외국인 학생이 한 명이라도 있었으면 조금은 위로를 받고 의지가 되었을지도 모르겠다. 하지만 재학 시절, 나를 빼고 외국인 학생은 전혀 없었다. 면접 볼 때 분명 외국인 학생들이 많을 거라고 하셨던 교수님이 원망스러울 정도였다. 그나마 외국인을 꼽자면 영국에서 온 교수님이 한 분 있었는데 교수와 학생이란 신분 때문인지 공감대를 찾기가 힘들었다. 게다가 그분은 프랑스에서 산 지가 꽤 오래되어 거의 프랑스 사람이나 다름없었다.

와인을 알면 알수록 나 자신에 대한 괴리감은 더욱 커졌다. 그러다가 캐나다 기자들을 대상으로 시음을 진행할 일이 있었다. 마지막 순서였다. 이미 개봉된 올드 빈티지도 꺼내 놓고 열심히 시음을 진행하고 있는데, 내 설명을 듣던 기자가 너무 빤히 나를 쳐다보고 있다는 걸 느꼈다. 나는 그 눈길을 마주하며 물었다.

"혹시 질문 있으신가요?"

기자가 미소를 지으며 대답했다.

"아니, 전혀요. 설명을 너무 잘 해주셔서 고마워요. 와인 투어가 오늘로 끝나는데, 다른 어느 시음보다 당신이 진행해 준 시간에 더 많이 배우는 것 같아요. 립서비스가 아니라 정말 일반인 눈높이에서 쉽고 빠르게 이해할 수 있을 만큼 훌륭했어요. 근데……."

그는 잠시 망설이는가 싶더니 말을 이어나갔다.

"훌륭한 설명과 달리 당신 얼굴 표정이 너무 어두워서 의아했어요. 왠지 자신 없고 겨우겨우 숙제해서 발표하는 우리 집 딸내미 같았어요. 실례인 건데, 나도 모르게 너무 부담스럽게 당신을 쳐다봤네요."

그의 솔직한 대답에 나도 모르게 속에서 뭔가 울컥했다. 만난 지 한 시간이 될까 말까 한 사이인데, 낯선 이에게 갈팡질팡한 내 마음이 읽혔다니 정곡이 찔린 느낌이었다. 한편으론 이상하게 후련한 기분이 들었다.

"감사합니다. 도움이 되었다니 기쁘네요. 안 그래도 제가 요즘 잘하고 있는 건지 일에 대한 확신이 없었어요. 그게 얼굴에 쓰였나 보네요. 와인은 배워도 배워도 끝이 없는 것 같아서, 와인을 자신 있게 안다고 할 날이 절대 안 올 것 같은 기분이 들어요. 칭찬도 듣고 격려도 받는데, 제가 잘해서 듣는 말 같지도 않고요."

나도 모르게 속내를 고백했다.

기자가 미소를 지으며 대답해 주었다.

"'더닝 크루거' 효과라는 게 있어요. 처음 뭔가를 배웠을 때 자신감이 엄청 상승하는데 이걸 '우매함의 봉우리'라고 하죠. 그곳에 도달한 뒤에는 본인의 무지를 깨달으면서 절망에 휩싸이고, 자신이 알고 있는 게 맞는지에 대한 의구심이 들죠. 하지만 지식과 경험이 하나둘 쌓이다 보면 다시 진정한 봉우리로 올라가는 거예요. 지금 당신도 그런 단계에 있는 게 아닐까요? 주변에서 좋은 이야기를 해준다면 그건 분명 빈말이 아닐 거예요. 조금 더 자신을 믿어봐요."

고마운 말이었다. 언젠가 누군가에게 한 번쯤은 듣고 싶었던 말이었을지도 모르겠다.

따듯한 위로를 받은 덕이었는지, 그날 마지막 업무여서 그랬는지 입안으로 들어오는 올드 빈티지가 여느 때보다 더 맛있게 느껴졌다. '맛있다'는 말은 주관적인 감각과 감상이 빚어내는 표현이 아닌가? 와인은 살아있는 음료라서, 병에 넣고 코르크로 병 입구를 막고 나면 똑같은 와인이더라도 누가 언제 어떻게 마시느냐에 따라 느낌이 다를 수밖에 없다. 각자의 기준에 따라 좋은 와인이 결정된다.

'내 기준에 대해서도 너무 고민할 필요 없는 게 아닐까?'

내 설명을 들은 사람이 만족하고 감사해한다면 그 또한 와인 전문가로서 내 실력이다. 그 평가를 있는 그대로 받아들여도 되는 게 아닌가 싶었다. 어쩌면 애초에 정답은 없는데, 내가 그 답을 찾으려고 과하게 몰입되어 있었던 것이라는 생각도 들었다.

와인메이커 가문이 몇 대째 걸쳐서 만들어 내는 와인도 해마다 맛이 조금씩 다르다. 같은 밭에서 자라나는 포도를 사용해서 블렌딩 비율도 똑같이 유지했는데 미세하게 다르다. 와인메이커들도 인정하는 사실이다. 어떤 해는 포도나무와 더 많이 교감했다는 느낌이 들고, 어떤 해는 의사소통이 원활하지는 않았다는 인상을 받는다고 한다. 감각에 국한된 이야기가 아니다. 어느 해에는 6개월 동안 오크통에 넣어 숙성해서 보니 지난해에 3개월 숙성한 것 같은 상태가 되기도 하고, 어느 해에는 9개월을 숙성할 생각이었는데 6개월째 상태를 체크해 보니 출하해도 될 정도로 숙성이 빨리 되어 병입해 버리기도 한다.

와인은 테루아Terroir(와인의 원료가 되는 포도가 자라는 데 영향을 주는 모든 자연 환경, 기후, 지리, 재배 요인을 말함)와 인간이 함께 만들어 간다. 즉 인간이 통제할 수 없는 지점이 있다는 걸 받아들여야 한다. 우리가 제 마음대로 삶을 살아갈 수 없듯이 포도나무도 온전히 제 뜻대로 영양분을 충분히 빨아들이고 포도송이를 맺을 순 없을 것이다. 매년 똑같은 포도송이를 틔울 순 없다. 어쩌면 한낱 인간인 내가 와인을 100퍼센트 알게 되는 날은 오지 않는 게 당연하다. 모른다고 조바심 느낄 필요도, 남들의 기준에 너무 민감할 필요도, 앞으로 얼마나 배워야 할까 부담을 느낄 필요도 없다.

사실 분야만 다를 뿐, 다른 업계와 학계에 있는 사람들도 비슷하지 않을까? 물론 끊임없는 연구와 경험, 시행착오를 겪고 나면 '내공'이란 것이 단단하게 쌓이겠지만, '앎'이라는 것에 100퍼센트 도달하는 일은 쉽지 않을 것이다. 어느 친구는 와인메이커가 너무 우아하고 낭만적인 직업처럼 느껴진다고 하지만, 실제 와이너리라는 현장에서 그의 일거수일투족을 지켜보면 고상함과는 거리가 있다. 생물학자나 투자 전문가의 일상 또한 크게 다르지 않을 것이다. 다른 분야에서 전문가로 열심히 일하고 있는 친구들이 서로를 지켜볼 때 우리는 모두 오해하는 경우가 많다. 타인의 눈에는 멋있지만, 본인은 하루하루 열심히 살아가고 있을 뿐이다.

그래서 나도 조금 나 자신을 내려놓기로 마음먹었다. 물론 스스로의 실력을 객관적으로 바라보는 건 중요한 일이다. 다만 배우는 과정을 즐기고, 어제보다 오늘 더 많이 발전할 수 있다면 그것으로 만족하기로 했다.

오늘 하루의
힘

와이너리에 비가 주룩주룩 내리는 어느 날이었다. 시음에 사용한 와인글라스를 닦으며 정리하다가 무심코 창밖으로 눈길을 돌렸는데, 빗방울에 촉촉하게 젖은 늙은 포도나무에 시선이 닿았다. 두꺼운 껍질이 물에 불어 쪼글쪼글해져 있었다. 긴 세월 저 자리에서 햇살도 받고 비도 맞아가며 매해 포도송이를 생산해 냈겠구나 싶은 생각이 들어 안쓰러웠다. 내 잠재의식 속의 기억이 어떤 방식으로 발동했는지, 그날은 몇 해 전에 돌아가신 외할머니가 유난히 머릿속에 떠올랐다.

할머니에게는 딸이 다섯, 아들이 둘 있었지만, 말년에

는 딸 넷만 곁에 남았다. 큰이모가 돌아가시고 난 다음, 일곱 남매 중 넷째인 엄마는 할머니와 함께 살기로 결정했다. 대도시에 사는 이모들보다 시골까지는 아니지만 작은 도시에 사는 우리 가족이 할머니와 살기에 더 적합하다고 어른들이 상의한 끝에 결론을 내린 것인지도 모르겠다. 예전에도 할머니가 우리 집에서 일정 기간 머무르신 적이 있었고, 나는 아주 어린 시절부터 할머니와 많은 시간을 보낸 터라 할머니와 함께 산다고 해서 생활이 크게 달라지는 건 없었다.

학교에 다녀오면 할머니가 나를 맞아주셨다. 화장실에 가서 손을 씻고 나면 할머니가 순식간에 만든 음식들이 식탁에 놓여있었다. 요리가 무엇인지 모르던 어린 시절의 내 눈에도 할머니의 요리는 놀라웠다. 요즘 말로 '냉장고 털기'라고 하는, 얼마 남지 않은 식재료가 할머니의 손에 닿으면 뚝딱뚝딱 맛있는 음식으로 변했다. 자투리 어묵, 양파와 달걀을 밥과 함께 고슬고슬 볶아낸 할머니표 볶음밥은 지금도 잊을 수 없다. 할머니가 너무 그리운 날, 일부러 같은 재료를 사서 만들어 보았지만 기억 속의 그 맛과는 너무도 달랐다. 그 볶음밥의 가장 중요한 비법인 '할머니의 손맛'이 빠져있었으니 어쩌면 당연한 결과인지도 모르겠다.

할머니는 지병인 천식을 앓고 있었지만 비교적 건강하신 편이었다. 외출하는 일이 드물었는데 집 밖을 나섰던 어느 날, 넘어지셨는데 하필이면 골반을 크게 다치시고 말았다. 수술을 받아야 할 정도였는데, 수술 후 회복 중 마취에서 깨어나는 과정에서 치매에 걸리셨다. 노인들에게 흔히 발생하는 사고라는 말을 나중에 듣긴 했지만, 골반을 다치고 치매까지 겪게 되신 할머니가 몹시 안타까웠다. 나는 유학을 목적으로 캐나다에서 체류하던 중 그 소식을 들었다. 당장이라도 할머니에게 달려가 안아주고 싶었지만, 한국과 캐나다 사이에 놓인 물리적 거리감을 새삼 실감했다.

할머니의 병세는 빠르게 악화되었다. 수술 이후 날이 갈수록 기력이 약해져서 결국 입원을 하게 되었다. 몸의 기능이 점점 떨어지고 있다고 했다. 나는 이러다가 할머니의 마지막 모습조차 못 볼지도 모르겠다는 불안감에 서둘러 귀국했다. 할머니와의 마지막 추억을 우선순위로 결정하고 방학 동안만이라도 옆에 있어드리면 어떻겠냐는 엄마의 의견도 한몫했다. 아직 결혼도 하지 않은 어린 손주들조차 제대로 알아보지 못하고 "애기는 잘 있니?", "남편은 어쩌고 왔니?" 등 이상한 소리를 하셨다고 하는데, 내가 병원에 갈 때는 정신이 평소처럼 말짱하셨다.

"할머니, 나 왔어요. 많이 아팠다면서! 이렇게 맨날 누워있고. 잘 먹고 건강해지셔야지!"

보자마자 꼭 안아주고 살갑게 말을 붙이니 할머니도 학교를 마치고 집에 돌아온 어린 손녀를 대하듯 밝은 목소리로 답하셨다.

"응응, 그래야지. 우리 오랜만에 붕어싸만코나 같이 먹을까나?"

할머니는 일흔여섯이나 되어도 충치 하나 없으셨다. 손주들한테 주겠다며 호두를 이로 깨서 알맹이를 까주시는 분이었다. 딱딱한 하드 형태의 아이스크림도 치아로 아드득 베어 물며 잘 드셨다. 여러 아이스크림 중 할머니의 최애 아이스크림은 언제나 '붕어싸만코'였다. 팥이 들어가 할머니의 입맛에 맞았고 달달하면서도 다 먹고 나면 배도 살짝 든든한 느낌이 있어 할머니의 취향에 딱 맞았던 것이다.

병원 매점에서 아이스크림을 사와 할머니와 사이좋게 먹으면서 이야기를 나눴다.

"할머니 많이 아팠다면서?" 내가 물었다.

"뭐 맨날 그렇지 뭐. 여기도 아프고 저기도 아프고. 이제 갈 날만 남았지."

"에이, 할머니. 노인들이 그런 말 하는 거 진심 아니라고 그러던데?"

할머니를 자극해서 활기를 되찾으시게 하려는 속셈에서 나는 명랑한 말투로 물었다.

"진심이든 진심이 아니든 그게 중요해? 하늘이 주신 대로 살다 가는 게지."

내 의도와 달리 할머니는 나보다 더 빨리 먹던 아이스크림을 내려놓고 창문으로 시선을 돌렸다.

"근데 언제가 마지막인지 모르잖아요? 언제 우리를 부르실지."

"그걸 왜 알려고 해? 알면 어쩌려고? 오늘 할 수 있는 만큼을 하면서 오늘을 살아야지. 내 나이 되면 어떤 날은 기운이 좀 나는 것 같고, 어떤 날은 기력이 없어서 손끝 하나 못 움직이겠어. 그런 날 누워서 '나 좀 빨리 데려가 줘. 이제 그만 데려가 줘' 하면 누가 데려가 주냐? 그럴수록 '그래도 이날까지 잘 살았네. 하느님 아버지, 감사합니다' 해야지. 몸 처지는 날만 생각하고 꿍해있으면 어따

써. 옆에 있는 사람 기운만 빼먹지. 어차피 때 되면 다 가는 것을."

할머니는 맑은 눈을 빛내며 대답하셨다.

할머니와 함께한 석 달은 붕어싸만코를 먹는 달콤함만 있지는 않았다. 어느 날은 새벽부터 어린아이처럼 엉엉 울면서 집에 가고 싶다며 떼를 쓰시기도 했다. 그러다가 정신이 멀쩡해지면 나에게 캐나다에서 있었던 일을 이야기해 달라고 보채셨다. 한국 사람들하고는 결이 다른 외국 사람들에 대한 이야기를 듣고 나면 "우리 손주 덕에 어제보다 더 똑똑해졌네" 하며 말갛게 웃으셨다. 할머니에게는 두 개의 자아가 공존하는 듯했다. 점점 현명하게 나이 드는 자아와 치매를 앓고 어린 시절로 돌아가려는 자아. 울고 화를 내며 당신답지 않은 모습을 보인 다음 날, 정신이 돌아오면 할머니는 의사와 간호사 그리고 주변분들에게 머리 숙여 사과를 하셨다. 하지만 안타깝게도 할머니는 점점 말을 못 하고 울음으로 의사소통을 하는 젖먹이 시절 아기가 되는 날이 많아졌다.

증세가 악화된 할머니는 결국 요양 전문 병원으로 자리를 옮겼다. 캐나다에 다시 돌아가서 유학 준비를 할지, 한국에서 학업을 마칠지 갈림길에 놓였던 나는 최종 결정을 내리기 전까지 이모 집에 잠시 머물기로 했고, 면회 시간이 아니면 할머니를 찾아 뵐 수 없었다. 할머니를 향한 그리움과 염려는 마음 한쪽에 뭉근하게 들어앉아 있었다. 그렇게 몇 주가 흘렀다.

어느 날, 요양 병원에서 가족들에게 연락이 왔던 모양이다. 그날은 할머니가 유난히 정신도 온전하고 기력을 되찾은 듯 보였다고 한다. 간병인 도움도 없이 샤워도 하시고, 용변도 보시고 환자복도 새 옷으로 갈아입고는 자식들이 보고 싶다고 하셨단다. 엄마와 이모들이 다 모였고, 식사 시간이 되어 막내이모가 떠주는 밥도 든든하게 드셨다고 한다. 막내이모는 "우리 엄마가 내가 주는 밥 드시고 싶으셨나 봐" 하며 울었다는 이야기도 들었다.

그리고 며칠 뒤 할머니는 조용히 눈을 감으셨다. 신기하게도 그날 잠자리에서 나는 할머니 꿈을 꾸었다. 꿈속에 나타난 할머니는 "이제 할 만큼 했어. 그동안 늬들이 고생했다"는 말을 남기셨다. 그 말이 너무 또렷하게 남아서, 나는 기분이 이상했다. 외출 준비를 하면서 엄마에게 전화를 했다.

"엄마! 할머니 괜찮아?"

"그래. 할머니 이제 편해지셨어."

엄마의 차분한 말에 나는 할머니가 돌아가신 사실을 알고 흐느꼈다.

할머니가 돌아가신 지 꽤 많은 시간이 지났다. 어린 시절부터 할머니 병석에서 간병을 할 때까지 할머니와 함께한 여러 순간이 기억에 남아있지만, 나는 유독 병원에서 붕어싸만코를 함께 먹으며 나눴던 순간이 기억에 남는다. 하늘이 부를 때까지 오늘 하루를 긍정적으로 살아가야 한다는 마음.

겨울은 와이너리에서 늙은 나무들이 눈에 잘 띄는 계절이다. 말라비틀어져 이제 열매 수도 적고, 열매의 생김새도 예전 같지 않은 나무들을 겨울에 많이 본 기억이 있다. 몇 달 전 곧 뽑을 거라고 표시해 둔 나무들은 여전히 땅에 발톱을 넣어 박듯 뿌리를 내리고 근근이 추운 계절을 이겨내고 있었다.

늙은 포도나무들이 모인 고랑을 가만히 지켜보고 있는데 담당자가 와서 말을 건넸다.

"안 그래도 이번 겨울엔 뽑아버려야 하나 싶어 주의 깊게 지켜보고 있어요. 그런데 또 새로 싹을 틔우고, 마지막 기운을 끌어 모아 순을 뻗어 올리는 모습이 기특하더라고요. 그래서 또 한 해 지켜봅니다. 신기한 건, 저렇게 버티는 애들이 피워내는 포도송이가 정말 기가 막혀요. 저 애들로 만든 와인은 정말 말로 표현이 안 돼요."

저 나무들도 묘목이었던 시절에는 고목이 되는 미래를 예상하진 않았을 것이다. 묘목 시절부터 할머니의 말처럼 주어진 하루를 열심히 살고 보니 세월의 무게도 포도송이처럼 가지에 맺혀지고, 수십 년이 되어 늙은 줄기에서 말로 표현할 수 없는 열매를 맺는 나무가 되었다. 생각해 보면 인생을 살아가는 데 실질적인 원동력은 거창하고 원대한 꿈이 아니라 오늘 하루를 열심히 살아갈 의지가 아닐까 싶다. 정상에 오르려면 어떤 길을 택하고 언제 출발할지와 같은 계획도 필요하지만, 가장 중요한 건 정상에 오를 때까지 지치지 않고 두 다리로 한 발 한 발 내딛는 걸음이니까. 다만 나도 지긋한 나이가 들었을 때 우리 할머니처럼 후손이 될 누군가에게 도움이 될 만한 따뜻한 말 한마디 남겨줄 수 있는 어른이 되어보길 희망한다.

4장

와인을 팔수록 사람을 알아갑니다

‘피칭’의
궁극적인 목표

와인 대학교에서 마케팅 수업을 듣던 시절, 개인적으로 가장 난감했던 것이 ‘피칭’이었다. 피칭은 원래 야구 용어로 투수가 포수를 향해 공을 던지는 것을 말하는데, 마케팅에서는 사업 아이템을 소개하는 용어로 쓰인다. 와인을 어떻게 마케팅할 것인가를 배우는 국제 마케팅 수업 시간에, 자기가 무작위로 고른 와인을 소개해 5분 이내에 듣는 사람의 마음을 움직이게 만드는 피칭 훈련을 자주 했다.

첫 번째 피칭 발표는 그야말로 형편없었다. 첫 시간에는 보통 발표하고 싶은 희망자가 하는데, 그날은 교수님이 다들 얼마나 준비해 왔는지 보겠다며 무작위로 호명을 했다. 전날 술자리에서 아직 깨지 않은 듯 "오늘 해야 하는 건 줄 몰랐는데요" 하며 당황해하는 동기에 이어, 자기가 무슨 와인을 골랐는지 기억하지 못하는 동기도 있었다. 세 번째로 지명 당한 학생은 하필 나였다. 집에서 연습한 대로 하긴 했는데, 내가 들어도 목소리에 자신감이 없었다. 교수님의 평가는 더 가관이었다.

"혼자 외국인 학생인 것 잘 알겠는데, 그럴수록 더 튀어야 해요. 안 그러면 아예 존재감이 느껴지지 않는다고. 더 많이 적극적으로 어필해서 상대에게 외국인 셀러라는 것도 인식시키고, 내가 외국인인데도 너희 나라 말을 이만큼 한다는 것도 각인시켜요. 알겠어요?"

발표를 제대로 하지도 못한 두 동기보다 내가 훨씬 더 두드려 맞은 느낌이었다. 프랑스 사람들은 여러 사람 앞에서 실수를 했다고 체면까지 깎인다고 생각하지 않지만, 나는 공공장소에서 체면을 중요하게 생각하는 한국 사람 아닌가. 준비를 하지 못한 동기들보다 심한 지적을 받은 것 같아 너무 창피했다. 하지만 민망한 상황은 끝이 나지 않았다.

"그럼 다음 주에 다시 하기로 해요. 다음 주 수업에는 (나를 가리키며) 저 학생이 가장 먼저 하면 되겠네. 다른 친구들 이의 없죠? 저 친구는 더 많이 발표하는 연습을 해야 돼. 우리가 기회를 주는 거예요. 그게 맞겠죠?"

다음 수업에도 굳이 나부터 시키신다니 더 부담이 됐다. 물론 다른 동기들은 신경도 안 썼다는 걸 잘 안다. 어차피 누구라도 발표를 해야 수업이 끝났을 테니까. 마침 다음 주는 바캉스 기간이라 한 주 더 여유 있게 준비할 수 있다는 것이 불행 중 다행이었다.

그날 잠자리에 누웠지만 마음이 편할 리가 없었다. 걱정은 한두 가지가 아니었다. 외국인인 내가 프랑스어가 모국인인 청자들을 대상으로 5분간 피칭을 하는 일이라니. 프랑스어는 둘째 치고 5분이라는 제한된 시간 안에 상대방을 설득시킬 수 있어야 한다는 것이 더 부담이 됐다. 프랑스어가 됐든, 한국어가 됐든 짧은 시간에 듣는 이의 마음을 움직이는 일은 확률이 극히 낮은 일이었다.

나는 자리에서 일어나 일단 우리말로 5분 안에 상대를 설득해 볼 만한 아이디어를 적어보았다. 수업 시간에 피칭 전 내가 무작위로 골랐던 와인은 프랑스 남부 지역에서 생산하는 스파클링 와인이었다. 이 와인의 특성, 그 특성을 긍정적으로 표현할 수 있는 키워드를 최대한 나열해 보았다. 그런 다음 상대에게서 나올 수 있는 부정적인 질문을 예측해서 떠올려 보고, 답변을 적어보았다. 아이디어가 조금 정돈되었다 싶을 때 문장을 프랑스어로 옮겼다.

정리한 메모를 소리 내어 읽어보았다. 여러 번 읽을수록 입에는 잘 붙긴 한데, 귀에는 자연스럽게 들리지 않았다. 무엇이 문제일까? 시간은 어느새 자정이 훌쩍 지나 있었다. 일단 눈을 붙이고 내일 더 고민해 보기로 했다.

글로 써둔 걸 읽으면 말할 때 자연스럽지 않을까 생각했는데, 오히려 이 점이 피칭을 방해하고 있었다. 피칭할 때 실제로 내 목소리가 어떤 톤인지, 인상이 어떠한지를 모른 채 적어놓은 글만 열심히 읽고 있을 뿐이었다. 그래서 묘수를 냈다. 핸드폰 동영상으로 내가 말하는 모습을 촬영하는 것이다. 누구랑 통화를 하는 것도 아니고 화면으로 내 얼굴을 보면서 말을 하는 상황이 오글거릴 만큼 민망했지만, 피칭 연습에는 이만한 효과적인 방법이 없었다.

몇 번 계속해서 촬영해 보면서 녹화된 동영상을 돌려보며 부자연스러운 점들을 분석해 보았다. 그러다 보니 자연스럽게 준비한 문장을 다 외우게 되었고, 영상 속의 내 모습을 보는 것이 익숙해졌다. 미처 생각지도 못한 점들도 보였다. 어떤 옷을 입는 게 좋을지, 헤어스타일은 어떻게 할지, 콘택트렌즈 대신 안경이나 선글라스도 써보며 이리저리 생각해 보았다. 연습을 틈나는 대로 계속했다.

수업이 있는 날, 나는 강의실 맨 앞자리에 앉았다. 강의실의 누구보다도 교수님을 설득 대상으로 삼고 피칭에 임할 작정이라, 교수님이 가장 잘 보이는 자리가 좋을 것 같았다. 어느덧 동기들이 하나둘 강의실에 들어왔고, 마지막으로 교수님이 나타났다. 수업 시작과 동시에 교수님은 잊지 않고 나를 지목했다. 혼자 연습할 때보다 조금 어색했지만, 발표하는 내내 나는 스스로 자신감이 많이 생겼다는 걸 깨달았다.

"지난번보다 훨씬 나아졌네요! 연습 많이 했어요?"

교수님이 말을 건넸다.

"제가 아무래도 자신감이 없는 것 같아서, 셀프로 동영상을 찍어가면서 연습했어요."

"오, 동영상! 좋은 생각이다. 우리 다음 수업에는 다 같이 피칭을 동영상으로 찍어오는 거 어때요? 아니다, 이걸 과제로 하지! 다음 수업 시간까지 각자 피칭하는 동영상을 찍어서 나한테 보내요. 내가 조교하고 함께 보고 피드백을 해줄게요. 여러분 스스로 인식하지 못하는 실수 그리고 자신만의 장점을 알면 굉장히 도움이 될 거예요. 졸업하고 나선 연습할 시간이 없어. 그땐 당장 고객을 설득해야 하니까. 미리 사회 생활 연습한다고 생각들 해요."

어쩐지 나 때문에 갑자기 모두에게 과제가 생긴 것 같아서 마음이 불편했다. 동기 중에는 '이렇게까지 해야 하나?' 의문이 드는 이들도 있을 테니까. 하지만 교수님이 과제로 삼겠다고 하니 나나 동기들이나 그 점에 대해서는 반론할 여지가 없었다.

막연히 도움이 될 거라 생각했을 뿐인데, 와인 컨설턴트로 본격적으로 활동하면서 이때의 피칭이 나에게는 엄청난 자산이 되었다. 와인 업계에서 처음 자영업자로 일하고 싶다는 계획을 세웠을 때, 나는 인맥도 자본도 없는 상태였다. 큰 자본이 필요한 일은 아니었기에 자금 문제는 차치하고서라도, 나는 그간 종사하던 분야와 전혀 다른 영역에 첫발을 내딛은 처지였다. 이쪽 세계에서 아는 이가 전혀 없었다. 사람을 많이 만나며 소통하면서 와인 주문 계약을 성사시키는 것이 무엇보다 중요했다. 인맥부터 만들어 나가야 했다. 그러자면 우선 프랑스에서 한국으로 와인을 수출하고 싶어 하는 와인메이커 중에 파트너가 되어줄 사람을 찾아야 했고, 생면부지의 사람들을 찾아다니면서 나를 어필하고 설득해 계약을 따내야 했다.

그래서 와인메이커들이 많이 모이는 행사를 주로 공략했다. 부스에 들러 관심이 가는 와인을 마셔보고 와인메이커에게 이것저것 질문을 던졌다. 여러 사람들이 와인메이커를 찾아와 동시에 말을 거는 어수선한 장소에서, 최대한 짧은 시간 안에 그의 관심을 나에게 집중시켜야만 했다. 간단한 내 소개로 말문을 튼 다음 제안하고 싶은 이야기를 하고 와인메이커의 반응도 체크해야 했다.

물론 실전에서의 피칭은 전혀 쉽지 않았다. 피칭 연습할 때처럼 외웠던 문장을 줄줄 뱉는 것은 소용이 없다. 먼저 스몰토크로 시작해서 내 소개를 하고 상대방 소개를 듣는다. 사전에 조사해 놓은 상대방의 와이너리와 와인에 대해서도 살짝 언급한다. 당신에 대해 어느 정도 알고 있다는 걸 자연스럽게 전달하는 것이 중요하다.

이렇게 되면 상대방은 나를 좀 더 주의 깊은 시선으로 바라보며 판단한다. '이 사람이 우리 와인을 구입하겠다는 건가?' 하고 관심을 보인다. 나는 구매자가 아니지만, 당신에게 적합한 구매자를 찾아주겠다고 이야기하는 순간, 반응은 "당신이 구매 당사자가 아니라면 관심 없어요. 와인이나 마시다 가요" 혹은 "좀 더 자세히 설명해 봐요", 두 가지로 나뉜다. 전자는 그나마 시간이 낭비되는 걸 막아주는 셈이고, 후자는 이제 본게임이자 2차 심층면접이 시작되는 것이다.

프랑스 사람들은 대화할 때 자신의 생각을 숨기지 않는다. 눈빛을 반짝이며 귀를 기울이는가 하면, 금세 얼굴이 무표정해지면서 관심이 식은 티를 내기도 한다. 후자의 상황에서는 정말 마음이 다급해진다. 더 늦기 전에 내 앞에 있는 사람의 마음을 끌 만한 단어를 던져야 한다. 피칭 훈련을 아무리 많이 했더라도, 이때는 임기응변 스킬에 따라 결과가 크게 좌우된다. 당신이 생산한 와인은 이러이러한 한국 시장의 특성상 한국 소비자들에게 잘 어필할 수 있다고 해야 하는데, 설명 중 조금이라도 막히거나 상대방의 질문에 자신 없는 대답을 하게 되면 미팅은 그 순간 끝이 난다. 그나마 "알겠습니다. 일단 검토해 볼게요"라는 말이라도 듣게 되면 선방한 셈이다.

당연한 말이지만, 피칭의 성공률은 굉장히 낮다. 수많은 시도 끝에 상황 파악과 임기응변 스킬이 늘어 제법 노련하게 대화를 이끌기도 하지만, 미팅이라기보다 '망신'이라고 할 만한 순간들이 참 많았다. 부끄럽고 참담한 심정이었지만, 나는 당시 상황에서 뭘 실수했고 어떤 점이 부족했는지 일일이 메모해 기록으로 남겼다.

생각해 보면 와인이라는 세계는 만남과 소통으로 이루어져 있다. 기름진 토양은 작은 씨앗이 풍성한 포도송이로 자랄 수 있는 배경이 되어주고, 사람은 계절의 흐름에 순응하며 포도나무가 자라는 동안 보호자가 되어준다. 이렇게 만들어진 와인은 맛과 향이라는 취향에 적합한 소비자를 찾아 나선다. 와인 한 모금에 그간의 피로가 싹 사라지거나 행복한 이 순간이 입안에서 각인될 때 그 만남과 소통의 여정은 끝을 맺는다. 와인을 마신 누군가가 위로나 행복을 느끼고 주변 사람들과 긍정적인 교신을 꿈꾸게 하는 것, 각각의 고유한 개성을 지닌 와인과 소비자를 이어주는 것이 나의 궁극적인 목표이자 보람이다.

‘와인 전문가’의 숙명 같은 멍에

‘와인 전문가’, ‘와인 콩쿠르 심사위원’이라는 직함을 달고 나니 의도하지 않게 각종 오해와 선입견을 겪게 된다. 사람들은 으레 내가 보통 사람보다 술을 좋아하고 많이 마실 거라고 생각한다. 술을 좋아하고 즐기는 건 사실이다. 하지만 어디까지나 ‘직업상’ 혹은 ‘업무상’의 일이다. 마시는 양도, 마실 때의 분위기도 다를 수밖에 없다.

술을 시음하며 심사위원으로 공정하게 평가 내려야 할 대상으로 대하는 것과 지인들과 편안하게 이야기를 나누며 맛과 향을 느끼는 건 엄밀히 차원이 다르다. 심지어 시음은 말 그대로 맛을 음미하는 일이다. 시음할 때는 액체를 식도로 넘기지 않는다. 입안에 들어온 순간을 시작으로 입 밖으로 내뱉자마자 떠오르는 온갖 감각과 느낌을 노트에 기록해 두어야 한다. 미각과 후각은 기본이고 몸으로 느낄 수 있는 온갖 감각과 신경을 작동시켜야 한다. 시음은 신중하게 조금씩 진행된다. 그러다 보니 시간이 걸릴 뿐 아니라, 시음에 필요한 술의 양은 얼마되지 않는다. 그렇다고 병에 남아있는 다량의 술이 아깝다고 벌컥벌컥 마실 수도 없는 노릇이다.

이런 일을 하다 보면 코르크 마개를 딴 와인 병이 집에 쌓여간다. 계속 늘어나는 와인 병을 처치하기가 곤란해서 욕조에 부어 반신욕을 하기도 하고, 요리할 때 쓰기도 한다. 이웃들에게 아낌없이 나눠주기도 한다. 시음을 하고 나면 와인은 보통 4/5 정도 병에 남아있다. 이웃들도 부담스러워하기보다 와인 받는 것을 반기는 눈치였다. 어떤 이는 자기가 좋아하는 와인 병을 보여주며 "다음에 이 지역 와인 시음하면 꼭 나한테 줘요!"라며 농담조로 말하기도 했다.

하지만 집으로 들어오는 공급량을 이리저리 소비하는 내가 따라잡을 수 없게 되면 개수대에 콸콸 흘려버린다. 아깝다는 생각도 들고, 명색이 와인 전문가가 이렇게 와인을 버려도 되는 건가 자책이 들기도 한다. 하지만 샘플을 받아서 시음해야 하는 일정을 내 맘대로 늦출 수 없다. 언제부턴가 나는 그렇게 버리는 술을 아까워하지 않기로 했다.

와인 콩쿠르에서 심사위원으로 활동하는 날은 시음하고 나면 보통은 얼큰한 국물이 떠오르는데, 아주 가끔 맥주가 생각나는 때가 있다. 두 시간 넘게 적어도 30종이 넘는 와인을 시음하고 나면 목이 마르다. 와인이 입안에 잠시 머물다가 밖으로 나가는 일이 반복되다 보니 식도 아래 기관에서는 불만이 폭주하는 모양이다. 심사가 거듭될수록 시원한 맥주 한 잔이 간절해진다. 콩쿠르를 마치고 생맥주로 목을 축이기 위해 주변 바를 찾아가면 콩쿠르에서 본 심사위원들을 여럿 만난다. 와인 심사에 따른 갈증은 나만 겪는 문제는 아닌 듯싶다. 이들과 자연스럽게 심사 후기에 대해 이야기하며, 심사위원의 사소한 고충을 나누기도 한다.

바에 들러 맥주를 마시고 가든, 얼큰한 국물 생각에 서둘러 심사장에서 출발하든 나는 차를 몰고 나온 날이면 미리 챙겨 온 가글로 입을 헹군 다음 생수를 충분히 마시고 30~40분 후에 운전대를 잡는다. 와인 한 모금 삼키지 않았지만, 심사할 때 민감하게 모든 촉감을 세웠던 몸은 심사장을 나서면서부터 긴장이 풀려 나른해지기 때문이다. 이렇게 잠시 쉬는 동안 라디오를 켜기도 하지만, 〈호두까기 인형〉을 보러 갔다가 반해서 자주 듣고 있는 '꽃의 왈츠'를 틀어두기도 한다. 실제로 일 때문에 집에서 와인을 테이스팅 할 때 자주 듣는 음악이기도 하다. 도입부 하프의 부드러운 선율과 관악기가 어우러지는 부분을 특히 좋아하는데, 마치 와인을 개봉해서 처음 잔에 따랐을 때 공기와 접촉하며 서서히 존재감을 드러내는 부분과 비슷하게 느껴진다. 좋아하는 노래나 드라마가 있으면 여러 번 반복 재생하는 편이라, '꽃의 왈츠'만 듣다가 30~40분이 훌쩍 지나가기도 한다. 이제 괜찮다 싶으면 시동을 켜고 집으로 방향을 돌린다. 술이 아니라 음악에 취한 채로 운전대를 잡고 집에 돌아가는 길이 방금까지 들은 꽃의 왈츠 선율만큼이나 낭만적이게 느껴진다.

프랑스는 우리나라만큼 음주 단속이 잦지 않다. 와인 콩쿠르 주최 측에서는 혹시나 단속하는 경찰을 만나면 혈액검사를 받겠다고 요청하라고 안내한다. 아무리 입 밖으로 뱉어내도 입으로 부는 방식으로 알코올을 측정하게 되면 알코올 양이 음주운전의 기준치를 넘어가기 때문이다. 콩쿠르에서 심사위원에게 제공하는 배지도 음주 단속을 벗어나는 데 한몫을 한다. 베테랑 심사위원들은 심사 경력이 짧은 이들에게 집에 도착할 때까지 배지를 잘 보관하라고 조언해 주기도 한다.

언젠가 와인 대학교 교수님이 '업무상 와인을 마시는 사람'임을 알리는 스티커를 만들자고 제안했다는 말을 들었다. 와인을 시음하는 공식 행사 기간 동안 심사위원들의 차에 스티커를 해당 날짜까지 적어 부착해서 음주 단속에 걸려 손해 보는 일이 없도록 하자는 취지였다. 하지만 이를 남용할 수도 있다는 반대 의견이 있어 결국 이 제안은 채택되지 않았다.

우리나라였다면 어땠을까? 아마 이런 제안 자체가 없을 것이다. 우리만의 신박한 시스템이라 할 수 있는 '대리운전' 덕에 음주 단속의 피해에 따른 논란 자체가 없지 않을까 생각이 든다. 낯선 이에 대한 신뢰감이 낮은 프랑스 사회에서는 대리 운전 시스템이 도입되더라도 보편화될지부터가 의문이다.

콩쿠르 심사위원이라고 나를 소개하면 상대방의 얼굴

이 '저 사람은 마시는 술마다 분석하겠지' 하는 표정으로 바뀌는 모습을 숱하게 본다. 이 또한 내가 필연적으로 겪게 되는 선입견이다. 다른 이들은 실제 이런 직업병이 있는지 모르겠지만, 나는 전혀 그렇지 않다고 장담한다. 하지만 이 오해 때문에 모임을 주관한 호스트가 내 눈치를 보며 주저주저 와인을 꺼내는 일을 겪는다. 무엇을 마시느냐가 아니라 누구와 마시느냐가 중요하다고 사실을 이야기해도 믿어주지 않는다. 이럴 땐 '와인 심사위원'은 주홍글씨가 된다.

한번은 지인의 저녁 식사에 초대를 받았다. 호스트가 식사에 곁들이려고 준비한 와인을 오픈해서 손님들에게 따라 주었는데, 한 모금씩 마신 손님들이 아리송한 반응을 보였나 보다. 나는 별생각 없이 와인을 한 모금 마시고 고개를 돌리는데 호스트와 눈이 마주쳤다. 알고 보니 호스트는 내가 어떻게 반응하는지 주의 깊게 지켜보고 있었던 것이다. 별다른 반응이 없는 나를 보고 와인이 별로라고 생각했는지, 그는 새로운 와인을 따겠다고 했다.

지금 준비한 와인도 괜찮다고, 그리고 식사할 땐 와인 없이 탄산음료만 있어도 좋다고 해도 통하지 않았다(실제로 나는 탄산음료를 좋아한다). 갑자기 그 자리가 당황스럽고 부담스러워졌다. 그나마 자기랑 가서 와인 셀러에서 뭐가 좋을지 고르자는 부탁을 받지 않아서 다행이라고 해야 할까?

한겨울에도 아이스 아메리카노를 마셔야 할 만큼 차가운 커피를 좋아하는 사람이 있고, 쪄 죽을 것 같은 여름날에도 뜨거운 커피를 마시는 사람도 있다. 각자 취향이라는 것이 있다. 와인도 마찬가지다. 누군가의 입에 척 달라붙는 와인이 다른 이에게는 너무 떫고, 어떤 이에게는 밍밍할 수도 있지 않은가.

지인들과의 편안한 자리에서 아무 생각 없이 와인을 마셨다가 너무 맛있어서 와인 병을 살펴보는 경우가 있기는 하다. 그때도 와인을 분석할 목적으로 시음하듯 마신 것은 아니다. 한번은 하도 입에 잘 맞아서 무슨 와인인지 검색해 보니 아직 우리나라에 수입되지 않은 와인이라, 생산자에게 연락해서 계약까지 맺었다. 물론 이건 손에 꼽을 만큼, 아주 드문 경우이다. 술을 분석하려면 앞서 말했듯이 모든 감각의 레이더를 'ON' 모드로 켜야 한다. 그러자면 그 자리를 함께하는 누군가와 나누는 대화를 즐기기는 힘들다. 특히 말 많은 프랑스 사람들 사이에 둘러싸여 있을 때는 맨정신으로도 대화의 흐름을 따라가기 벅차다.

또한 저녁식사라고 하면 식전주를 시작으로 디저트와 차를 마시고 자리를 마무리하기까지 다섯 시간을 넘기기도 한다. 이 시간에 술 자체에 집중할 여유는 없다. 만나고 싶은 사람들과의 자리인 만큼 나도 편안하게 이 시간을 즐기고 싶다.

예전에 비해 많이 달라지긴 했지만, 우리나라는 술에 대해 비교적 너그럽다. 낯선 사이라도 밥 한 끼 같이하면 왠지 한 걸음 정도 거리가 좁혀지는 느낌이 드는 것처럼, 술 한잔 주고받으면 더 친근해진다고 생각하는 이가 많은 것 같다. 하지만 "나는 술을 마셔야 친해진다"는 말에 크게 공감하지 않는다. '친한 사람과 술을 마시는 자리'는 정말 즐겁지만, '누군가와 친해지기 위해 술을 마시는 자리'는 선뜻 내키지 않는다. 알코올의 힘을 빌려 서로의 벽을 허물어 보자는 취지는 알겠지만, 정말 친해질 사이라면 언제 무엇을 함께하든 친해질 수 있지 않을까?

와인을 감별하는 사람이라면 술을 좋아할 거고, 술자리도 좋아할 거라고 생각하는 사람이 많다. 이 또한 '와인 심사위원'이라는 색안경을 벗고 '각자의 성향'이라는 기준으로 바라봐야 한다.

와인 대학교에 재학 중이던 시절, 같은 반 동기들끼리 어울려 술을 마시는 일이 잦았다. 하지만 나는 참석하는 수가 드물었다. 버거운 과제 때문도, 동기들과 어울릴 자신이 없어서도 아니었다. 일주일에 '술'에 할애하는 시간을 어느 정도 제한하고 싶었다. 매일매일 술을 마시기보다 적당한 간격을 둬야 술맛을 더 잘 느낄 수 있다고 생각했다.

수업 중에 맛을 보게 되는 술만 해도 많은데, 학교 밖에서도 술을 가까이한다면 각각의 맛과 고유의 특징을 느끼고 머릿속으로 그리는 데 영향을 받을 것 같았다. 아직 모르는 와인도 많아서, 우선은 와인에 대해 제대로 배우고 싶었다. 다만 와이너리에 방문하여 시음하는 일이 있을 때는 무조건 참석했다. 와인이 만들어지기까지 과정을 포도밭에서 눈으로 지켜보는 것도 좋았고, 와인메이커한테서만 들을 수 있는 와인 이야기도 나에겐 소중한 경험이었다. 똑같은 와인을 마시고 동기들과 각자의 감상을 나누고 토론하는 것 또한 큰 도움이 되었다.

와인도 결국 사람이 있어야 존재 가치가 생성된다. 헤어 디자이너는 낯선 이를 만날 때 머리 스타일을 보고 그 사람의 성향을 떠올려 보고, 미술심리상담사는 누군가 그려 놓은 그림을 보고 그 사람의 심리를 가늠해 볼지 모르겠다. 직업의 특성이 일상생활에서도 발현될 거라고 생각하는 건 당연한 추측이다. 하지만 여기서 중점이 되는 건 머리 스타일도, 그림도 아닌 '사람'이다. 와인도 결국 중요한 건 사람이다. 입이 딱 벌어질 만큼 가격이 차이나는 싸구려 와인과 최고급 와인이 있다고 하더라도, 언제 누구와 어떻게 이 와인을 마시느냐에 따라서 그 가치가 정반대가 될 수도 있다.

혹시라도 주변에 소믈리에나 감별사처럼 와인과 관련된 전문가가 있고 그들과 저녁 식사를 하게 되는 날이 온다면, 결코 긴장할 필요 없다는 말을 전하고 싶다. 어떤 와인을 꺼내 놓느냐가 아니라 어떤 시간을 함께 보냈느냐에 따라 당신에 대한 인상이 결정될 것이다.

커뮤니케이션에도
숙성이 필요해

전시회 때문에 싱가포르로 출장을 갔을 때였나 보다. 새벽 녘 이른 시간부터 카카오톡 알림음이 줄기차게 울린다. 정확하게 이야기하자면 '방해 금지 모드'를 설정해 둔 시간이 지난 뒤에야 알림 소리를 들은 것이다. 잠이 가시지 않아 반만 뜬 눈으로 핸드폰을 화인해 보니 첫 줄만 봐도 상대방이 얼마나 당황해하는지 파악이 된다. 유기농 와인 시음회에 쓸 와인을 주문했는데, 도착한 상자를 열어보니 엉뚱한 와인이 한 병 들어있다는 것이다. 브로슈어에 와인 병 이미지까지 넣어 인쇄해 놨는데, 어떻게 된 일인지 확인해 달라는 메시지를 읽었다.

—혼선을 일으켜 죄송합니다. 와이너리 오픈 시간에 맞춰 확인해 보고 연락 드리겠습니다.

답장 메시지를 보내고 시계를 보니 아직 한 시간은 더 지나야 현지 와이너리 담당자가 업무를 시작한다. 커피를 한 잔 내리고, 와이너리 담당자와 여러 차례 주고받은 메일을 핸드폰으로 검색해 보았다. 약 70여 종의 와인을 생산하는 프랑스 와이너리에, 한국 거래처가 유기농 방식으로 생산한 와인의 샘플들을 보내달라고 요청한 메일이 분명 있었다. 마지막 메일을 보니 와이너리 측 담당자도 요청 품목을 확인했다며 샘플들을 항공편에 부치고 연락을 주겠다는 내용이 담겨있다.

나는 담당자에게 샘플 배송에 오류가 있다는 메일을 보냈고, 확인을 요청했다. 답장을 기다리고 있는 한국 거래처 측의 상황이 딱했지만, 그렇다고 지금 당장 전화해도 연락할 수 있는 사람이 없다. 사생활과 직장 생활을 엄격하게 구분하는 프랑스 사람들의 특성상, 업무시간이 되지 않은 지금 업무용 핸드폰이 켜졌을 리 만무하다. 오늘 할 일을 체크하면서 와이너리의 업무 개시 시간이 얼마나 남았는지 확인하고 있는데, 때마침 답장 메일이 왔다. 사무 담당자와 와인 창고 담당자 사이의 커뮤니케이션 착오로 유기농이 아닌 일반 와인이 포함되었다는 것이었다. 사고 원인이 밝혀져 다행이었지만, 그다음 문장에서 나는 허망한 감탄사를 내뱉지 않을 수 없었다.

—이왕 이렇게 된 김에 유기농이 아닌 와인이랑 비교해 볼 수 있는 기회로 생각해 보시죠.

한국 거래처에서 이 메일을 바로 받았다면 얼마나 황당해했을까? 나를 통해 걸러져서 전달된다는 게 참으로 다행이었다.

—커뮤니케이션에 실수가 있었다며 너무 죄송하다는 말씀 전해달라고 하셨습니다. 해당 와인은 제외하고 시음을 부탁드립니다.

—답변을 기다리는 동안 이 와인이 궁금해서 마셔보았습니다. 라벨이 잘못 붙은 거였으면 좋겠다 싶을 만큼 맘에 드네요. 일단 알겠습니다. 테이스팅 진행하고 메일 드리겠습니다.

한국 거래처의 담당자가 점잖고 이해의 폭이 넓은 분이라 천만 다행이었다. 정작 배달 사고를 친 프랑스 담당자는 아무렇지 않은데, 나 혼자만 긴장된 가슴을 쓸어내렸다. 나는 와이너리 측에 다시 메일을 보냈다. 한국 거래처에 빨리 재발송해 달라 요청하고, 원래 보내야 할 유기농 와인을 보낼 때 잘못 보낸 와인도 한 병 샘플로 함께 보내 줄 수 있느냐고 물었다. 업무시간 중이라 그런지 비교적 빠르게 답장이 왔다.

—주문서 발행과 함께 추가 샘플을 요청하면 가능합니다. 그리고 걱정 마세요. 우리 와인은 유기농이든 아니든 맛있다고 느낄 겁니다.

아니, 애초에 본인들의 착오로 일어난 일에 대해서 그새 잊어버린 것인지, 저 대책 없는 자신감은 어디서 나오는 것인지 기가 막혔다. 그저 한국의 거래처에서 진행하는 테이스팅의 결과가 좋았다는 소식이 전해지길 기원했다. 이틀 정도 뒤에 연락이 왔다.

—대표님, 테이스팅 무사히 마쳤고, 고객사의 피드백도 잘 받았습니다. 최종적으로 해당 와이너리의 유기농 라인 중 A, B, C와 그리고 유기농이 아니었던 D까지 취급하고 싶습니다. 팔레트 사이즈 및 적재 병수 알려주시면 주문서 드리겠습니다.

생각지도 못한 낭보였다. 좋은 소식은 메일보다 목소리로 알려주는 게 좋을 것 같아 와이너리에 전화를 걸었다.

"한국 거래처에서 지난번에 샘플 발송해 주신 와인 중 E 빼고 모두 취급하신다고 합니다. 시음회 테마에 맞지 않았던 D도 테이스팅 해보니 마음에 든다면서 같이 받아 보고 싶으시대요."

"그러게 내가 뭐랬어요? 우리 와인은 다 마음에 들어 한다니까. 잘못 보내길 잘했죠, 그죠?"

프랑스 담당자의 대답을 듣는 순간, 나는 굳이 목소리로 좋은 소식을 알리려고 했던 나 스스로를 탓했다. 가끔씩 저런 사고방식이 진심으로 부럽기도 하다. 이제 와서 잘잘못을 따지는 일도 부질없지만, 만약 프랑스 와이너리 담당자가 한국 거래처의 담당자와 직접 소통을 했다면 어떤 일이 벌어질까? 생각만 해도 아찔하다.

프랑스에 살면서 직장에 다니고 사람들과 어울리면서 우리와 문화적으로 다른 점을 자주 실감하게 된다. 그렇다고 크게 불편을 느끼거나 부담이 되지 않았다. 프랑스 사람들과 문화를 이해하고 받아들이면서 흡수하면 됐다. 하지만 비즈니스 현장에서 프랑스와 한국 사이에 가교 역할을 한다는 건 보통 일이 아니었다. 난처한 순간은 끊임없이 벌어지고, 그때마다 양쪽에서 수긍할 수 있는 묘안을 마련해야 했다.

프랑스와 한국은 와인을 대하는 태도도 크게 차이가 난

다. 이 또한 문화적 차이라고 생각한다. 화이트 와인은 대부분 2월에서 4월 사이에 병입 작업을 한다. 병입 작업이 예정된 날로부터 한두 달 전 와인메이커가 양조 담당자와 함께 숙성 중인 와인을 테이스팅 한 후 병입 시기를 확정 짓는다. 테이스팅 결과에 따라 와인 숙성 기간은 원래보다 짧아지기도 늘어나기도 한다. 크게는 서너 달 뒤로 병입 작업이 늦춰지기도 한다. 와인을 '살아있는 음료'로 받아들이는 유럽에서는 병입 시기가 늦어진다고 해서 문제 삼는 거래처가 없다. 하지만 유럽 밖을 벗어나면 갈등이 빚어진다.

겨울이 몹시 춥고 유난히 길었던 어느 해, 병입 예정 시기를 다섯 달이나 넘긴 와이너리가 있었다. 와인을 기다리고 있는 한국의 거래처에서는 난리가 났다. 프랑스의 포도농사 사정을 전하며 양해를 부탁했고, 회사에서 나조차 짐작하지 못할 고충을 겪고 있을 담당자 또한 이해해 주었다. 나도 중간에서 바싹바싹 속이 타들어 가는 느낌이었다. 하지만 프랑스 와이너리 측에서는 병입 작업이 한 달 뒤로 늦춰진다는 소식을 또다시 전했다. 통보받은 거래처에서는 인내심의 한계가 온 듯 '앞으로 한 번이라도 병입 작업이 지연될 경우 와인을 주문하지 않겠습니다'라는 답장을 보내왔다. 이 답장을 와이너리 측에 그대로 전달해야 할까 잠시 고민하다가, 한국의 고객사에서 오랫동안 기다린 사실을 상기시키면서 '한 번 더 지연될 경우 고객사 측에서는 와인을 팔 수 있는 적기를 놓치는 상황이라 주문하지 않는 것이 더 나을 수 있다고 판단할 수 있습니다'라고 메일을 보냈다.

와이너리 측이 보내온 답변에는 기분 상했다는 감정이 여실히 담겨있었다.

—와인이 언제 준비될지는 우리도 정확히 알 수 없습니다. 고객사에서 오랫동안 기다리고 있는 점은 충분히 알고 있습니다만, 그렇다고 와인메이커의 기준에 미치지 못하는 와인을 병입할 수는 없습니다. 잘 아시겠지만 와인은 콜라나 사이다가 아닙니다. 살아있는 음료를 공산품처럼 취급하시면 곤란합니다. 앞으로 몇 번의 테이스팅을 진행할 예정인데, 추후 정확히 언제 병입이 되고 발송 준비가 완료될지는 최종 테이스팅 후에 확인하고 알려드리겠습니다.

강 대 강, 사태는 점점 파국으로 치달았다. 내 역할은 프랑스 와이너리와 한국 거래처 사이에서 원활한 커뮤니케이션으로 비즈니스를 진행시키는 것이란 점을 떠올리며, 와이너리 측의 답변에 달콤한 설탕을 한 겹 두 겹 바르기 시작한다.

—오랫동안 저희 와인을 기다려 주고 계신 점 잘 알고 있으며 감사하게 생각합니다. 다만 올 겨울 유난히 춥고 습한 날씨가 오랫동안 이어졌고, 봄 날씨도 온화하지 않았던 까닭에 화이트 와인의 숙성 속도가 매우 느립니다. 그러다 보니 저희 와이너리에서 이상적으로 생각하는 화이트 와인 맛이 아직은 구현되지 않은 관계로, 조금 더 숙성시키며 테이스팅도 하면서 지켜보려고 합니다. 양해 부탁드립니다. 혹시 다른 변동 사항이 있으면 곧바로 알려드리겠습니다. 다른 문의 사항이 있으시면 편하게 알려주세요. 감사합니다.

나는 '와이너리 측의 입장을 아래와 같이 전달 드립니다'라는 문장 아래 원문과 전혀 다르게 탈바꿈한 메시지를 메일에 담았다. 원래의 메시지, '테이스팅 후 병입 일정을 알려주겠다'는 확실한 뜻은 전달했으니 다행이다.

나는 거래를 맺고 있는 프랑스의 여러 와이너리 측에 한국 거래처와의 커뮤니케이션은 되도록 나를 통해서 진행해 달라고 부탁한다. 와이너리 측의 공식 메시지더라도 내가 미리 볼 수 있게 해달라고 양해를 구한다. 그럼에도 와이너리 담당자가 한국 측에 직접 메일을 보내는 경우가 있다. 영어로 소통하는 데 자신감 있고 자신들이 생산하는 와인에 자부심이 넘치는 담당자가 나서는 것이다. 별 탈 없이 소통하면 좋으련만, 열에 일곱은 한국의 거래처에서 부정적인 반응이 나온다. 고객을 대하는 태도를 중요하게 여기는 우리 문화에서 거슬리는 표현이 메일에 담겨있기 때문이다. '아 다르고 어 다르다'는 우리의 속담이 왜 있겠는가?

이런 갈등으로 빚어진 상황을 해결하는 과정은 만만치 않다. 칭찬이든 지적이든 상대방에게 직접적인 표현을 지양하는 프랑스 문화를 고려해야 하기 때문이다. 오해를 불러일으킨 와이너리 담당자에게 최대한 기분이 상하지 않게 메일을 작성해서 보낸다.

—그 표현은 한국의 정서에는 어울리지 않는 것 같습니다. 말씀하시고자 하는 바를 저는 아래와 같이 이해하였는데, 제가 이해한 바가 맞을까요?

—고객사 담당자가 참 예민한가 보군요. 네, 귀하가 이해하신 바가 맞습니다. 제가 하려던 말이에요!

당당한 답장을 받고, 다시금 와이너리 담당자가 거래처에 보낸 메일을 확인해 보았다. 객관적인 관점에서 봐도 전혀 다른 말이고, 누가 봐도 오해하기 딱 좋은 표현들이 가득하다. 하지만 '네. 그럼 그렇게 다시 전달하겠습니다'라는 간단한 답장으로 마무리 짓는 것이 현명하다.

사과에 대한 개념도 매우 다르다. 프랑스에서는 어릴 때부터 본인이 스스로 잘못했다는 것을 인정할 때에만 사과하도록 배운다. 위계질서도 우리만큼 확실하지 않다. 솔직히 프랑스 사회가 우리보다 나은 곳인지 불편한 곳인지 딱 잘라 말하기 어렵다. 프랑스의 제도가 합리적으로 느껴질 때가 있는가 하면, 우리나라 사람들에 비해 사람 사이에 매정한 느낌이 드는 경우도 있다. 문화 차이에서 갈등이 빚어지면 나는 프랑스 사람들이 지닌 장점을 생각하면서 스스로를 다독인다. 아파도 왠지 상사와 동료의 눈치를 보면서 병가를 써야 하는 우리나라의 직장인과 달리 몸이 아프면 당연히 쉬어야 하고, 병원에 가서 진료받는 것이 근로자의 당연한 권리로 생각하는 이 나라의 사람들은 타인에 대한 존중이 몸에 배어있지 않은가.(직장에 다니던 시절 피치 못하게 병가를 내고 출근한 다음 날, 나는 동료에게 "나 없어서 어제 바빴지? 미안해" 하는 인사말을 했다가 "아팠던 건 네가 어쩔 수 없는 건데, 그런 걸로 사과하지 않아도 돼"라는 신선한 대답을 들은 적이 있다.)

프랑스 사람들의 와인에 대한 고집은 유별나다. 다행스럽게도 한국 측 담당자들은 프랑스 담당자들의 이러한 집착을 "전문가의 자존심"으로 받아준다. 그에 반해 프랑스 담당자들은 한국 담당자들이 겪고 있는 난감한 상황을 상대적으로 이해해 주지 않는 것 같은 느낌을 자주 받는다. 이러한 감정이 나도 모르게 내 머리와 마음속에 자리 잡았는지 중간에서 서로의 입장을 조율하다 보면 한국의 담당자들이 겪는 고충이 마치 내 일처럼 느껴지기도 한다. 때문에 최대한 객관적으로 사실 위주로 메시지를 전달하는 데 집중한다.

하지만 프랑스 측 담당자들은 나에게 한목소리로 너는 '너무 한국 편만 든다', '한국 쪽 입장만 받아준다'는 볼멘소리를 쏟아낸다. 억울하지만 어쩔 도리가 없다. 서로 다른 문화권이 원활하게 커뮤니케이션할 수 있도록 중간에서 역할을 해야 하는 담당자의 운명으로 치부한다. 소통이 원활하고 거래가 잘 이어지면 당연한 것이 되지만, 조금이라도 소통이 어긋나고 문제가 벌어지면 책임을 통감하게 되는 자리. 프랑스의 좋은 와인을 발굴해 내어 한국의 소비자들에게 소개할 수 있다면, 그것으로 만족한다.

와인은 와이너리와 와인메이커의 이름으로 남겨지지만, 실제로 훌륭한 포도송이를 길러낸 것은 햇살, 바람, 습도 그리고 지금도 포도밭에서 활기차게 제 역할에 맞게 움직이고 있는 수많은 미생물과 동식물들이다. 이 사실을 떠올리며 위안을 얻는다.

서로의 벽을 인정하고 소통하는 방법

프랑스에 살면서 이 나라 언어로 하고 싶은 말은 다 하고 산다고 생각이 들면서도, 프랑스 사람들과 대화를 나누거나 메일을 주고받다 보면 가끔은 참을 수 없을 만큼 답답할 때가 있다. 분명 적재적소에 필요한 질문을 던졌는데도 불구하고 나의 언어가 밀도 있게 전달되기는커녕 벽에 튕겨서 되돌아오는 느낌이랄까? 업무상 중요한 이야기는 기록으로 남겨둬야 나중에 문제가 되지 않기 때문에, 전하고 싶은 메시지를 글로 표현하는 데 신경을 많이 쓰는 편인데도 이런 난관에 종종 부딪힌다.

'방식이 잘못됐나, 표현에 문제가 있는 걸까?'

온갖 원인을 떠올려 보다가, 급기야는 내가 메일에 쓴 문장을 하나씩 복사해서 번역기에 돌려보기도 한다. 그래도 프랑스어는 영어와 가까우니까, 영어로 번역해서 뉘앙스도 체크해 본다. 하지만 크게 다르지 않다. 궁여지책으로 어순을 바꿔서 다시 써보기도 한다. 내가 문장으로 쓴 질문에 딱히 오류가 없는 것 같은데 엉뚱한 답변이 돌아온다. 이럴 때는 메시지 전달에 핵심이 되는 문장만 떼어서 워드파일에 저장해 둔다. 나중에 똑같은 상황이 벌어질 때 참고할 수 있을 것 같아서다. 하지만 비슷한 상황에 놓여 다급하게 파일을 열어보면 헛웃음이 나온다. 파일 안에는 메일에 있는 문장과 다를 바 없는 쌍둥이 문장이 들어있다.

어쨌든 매번 겪는 이 문제를 해결해야겠기에, 이번에는 문장을 좀 더 직관적으로 이해할 수 있도록 고쳐본다. 너무 긴 문장은 두세 개 단문으로 만들고, 확인이 필요한 질문에는 물음표를 확실히 달아놓고, 질문에 답을 받아야 하는 이유도 괄호를 열어 상세하게 적어놓는다. 전달하고 싶은 메세지를 최대한 명료하게 교정한 다음 메일을 보낸다.

물론 이렇게 했다고 해서 내가 바라는 확실한 답변을 받을 거라 보장할 수 없다. 미진하다고 여겨지는 점들을 보강하는 것이라서 다음에 조금이나마 더 효율적으로 메일을 보낼 수 있지 않을까 살며시 기대할 뿐이다. 마음 한구석에는 조금 찜찜한 기분이 든다. 이렇게 구체적이고 명확한 질문을 하는데 왜 속 시원한 답변을 받을 수가 없는 걸까? 사방을 둘러봐도 막힌 곳은 하나 없는데, 보이지 않는 벽에 가로막힌 듯 파트너들에게서 출발한 메시지가 나를 둘러싼 투명 유리벽에 튕겨 나가는 것만 같다. 그러다 문득 어린 시절의 기억이 떠올랐다.

내가 초등학교에 다니던 시절, 엄마는 학교 근처에서 작은 분식집을 꾸려나가고 있었다. 분식집 메뉴만큼 초등학생의 입맛에 딱 맞는 먹을거리가 또 있을까? 하지만 난 엄마가 장사하는 데 방해가 될까 싶어 손님이 가득한 시간에는 가지 않았다. 손님 없이 한가하거나 엄마가 시장에 갈 일이 있어 잠시 가게를 봐줘야 할 때에만 분식집에 들어갔다.

학교 근처 분식집에 가장 사람이 바글바글할 때는 아이들의 하교 시간이다. 학년에 따라 다르겠지만 으레 오후 3시에서 4시 사이쯤이었던 것 같다. 그 무렵이면 딱 출출할 시간이다. 하지만 나는 감히 엄마의 분식집에 들어가

떡볶이며 순대를 먹을 생각조차 못 했다. 누구도 아닌 엄마의 음식인데도 말이다. 이것저것 달라고 엄마한테 말했다가 혼난 적도 없는데, 엄마가 분식집에 오지 말라고 주의를 준 적도 없는데, 왜 그렇게 조심했는지 모를 일이다.

맏이였기 때문에 조금 더 눈치가 보였던 것 아니었을까? 당시 유치원생이던 동생이 배고프다고 칭얼거리면 그때는 엄마의 분식집에 데리고 가 음식을 먹였다. 아직 혼자 먹는 데 서툰 동생을 위해 음식을 작은 크기로 잘라 주며, 나도 간만에 엄마 음식을 마음껏 먹었다. 내 또래 친구들이 우르르 몰려올 시간이 되면 동네 슈퍼마켓이나 가서 우유나 음료수로 출출한 배를 채웠다. 어린 나이에도 다른 분식집에 가서 간식을 사먹는 건 엄마에 대한 배신 같았다.

장사하는 엄마를 방해하지 말아야지 하는 내 마음과는 별개로, 엄마를 찾아가서 꼭 허락을 받아야 하는 순간이 있었다. 학원비를 챙겨 가야 한다든지, 친구 집에 놀러 간다든지, 버스를 타고 준비물을 사러 간다든지 하는 상황이 펼쳐졌다. 그 나이에는 방과 후 일정을 엄마에게 확인받기 마련이다. 나는 바글바글한 분식집에 들어가지 않으려고 투명 유리문을 톡톡 두드리며 손짓발짓으로 설명했다. 내 나름대로 머리를 굴린 것이다. 몇 차례 이런 상황이 반복되자, 포스트잇에다가 '학원', '친구 집', '버스 타고 준비물' 같은 단어만 써두었다. 그리고 필요할 때 꺼내서 손에 붙이고 문을 두드린 다음, 엄마가 알아들었다는 신호를 보낼 때까지 기다렸다.

가끔은 단순한 키워드로 해결할 수 없는 일이 벌어지기도 했다. 친구 집에 갔다가 오는 길에 준비물을 사오겠다거나, 이러이러해서 돈이 필요한데 지금 줄 수 있냐고 물어야 하는 등 예기치 못한 상황이 있었다. '잠깐 들어가서 엄마한테 말할까, 아니면 엄마가 조금 한가할 때까지 기다려 볼까?' 하지만 수련회는 당장 내일이었고, 오늘부터 조별 장기자랑을 준비하기 위해 같은 조 친구들끼리 모이기로 약속했었다. 준비물을 살 돈도 받아야 하고, 친구 집에 가야 한다는 사실도 말을 해야 하는데 나는 분식집 앞에서 이러지도 저러지도 못하고 있었다.

마침 나도 얼굴을 익히 잘 아는 엄마의 지인분이 나를 발견하고 다정하게 물었다.

"왜 그러고 서있어? 엄마한테 볼일 있어? 뭔데, 아줌마가 말해줄게."

나는 왠지 마음을 놓고 재잘재잘 설명했다. 내 말을 듣자마자 아주머니는 아무렇지도 않게 문을 쓱 열고 속 시원하게 내가 하려는 말을 소리 높여 말했다.

"은화 엄마! 은화 내일 수련회 가는 것 때문에 반장 집에서 모여서 뭐 만들어야 한대. 만 원 있어? 아니다, 내가 줄 테니까 나중에 나한테 줘. 왜 딸내미가 자기 분식집 앞에서 오도 가도 못 하고 서있게 해. 자기 딸을 아주 잡네 그냥."

말이 끝나기 무섭게 엄마와 아주머니는 동시에 깔깔 웃었다. 머쓱해진 나는 엄마를 쳐다보고 있다가, 엄마가 크게 끄덕이는 고갯짓을 확인하고 아주머니에게 만 원을 받았다. 아주머니가 도와준 덕에 반장 집으로 향하는 발걸음은 가벼웠으나, 빨리 어른이 되어 이런 사소한 것까지 허락을 받지 않았으면 좋겠다고 생각한 기억이 난다.

한참의 시간이 흘러 나도 성인이 되고 나서, 나는 엄마와 내가 그 당시를 전혀 다르게 기억하고 있다는 사실을 깨닫고 놀랐다. 아주 오랜 시간이 흘러 우연히 그곳을 지나가다가 자연스럽게 옛 시절 이야기가 나왔던 것이다. 엄마가 불쑥 말했다.

"너 그때 엄마가 학교 근처에서 장사한다고 창피해했잖아. 기억나니? 친구 한 번 데려오지도 않고, 필요한 거 있으면 유리문 앞에서 알짱대다가 허락만 받고 슝 가버렸잖아. 그 모습 보고 괜히 거기서 장사했나 싶은 생각이 들었어. 네가 한창 예민할 땐데, 네 생각은 안 하고 그저 목 좋아서 장사 잘되겠다 싶은 생각만 했는지 후회도 했지."

나에게는 청천벽력 같은 소리였다. 장사하는 엄마를 배려하려는 내 행동은 엄마에겐 철부지 아이의 행동으로 보인 것이다. 세상에, 엄마! 나도 떡볶이랑 어묵 좋아한다고! 다른 사람도 아니고 엄마가 만든 건데! 입 밖으로 반론을 펼치기도 전에 머릿속에서 응어리가 터지는 듯했다.

"아니 무슨 소리야. 엄마한테 방해될까 봐 그런 건데. 내가 분식 얼마나 좋아하는데! 먹고 싶은 거 참아가면서 엄마 한가해 보일 때만 잠깐 들어간 거야. 괜히 친구 데려가면 엄마가 내 친구라고 공짜로 주고 그럴까 봐 데려가지도 않았고 엄마 가게라고 말하지도 않은 거라고!"

엄마는 마치 뒤통수를 얻어맞은 것 같은 표정을 지었다. 그토록 오랫동안 한 울타리 안에 오순도순 살면서 서로 다른 생각을 하고 있었다니! 이렇게나 서로의 마음을 읽지 못했다는 사실에 너무도 어이가 없었다. 그러고 보니 나도 내심 엄마가 한 번쯤 내 이름을 부르며 들어오라고 말해주길 기다렸는지도 모르겠다는 생각이 들었다. 엄마는 한 번도 그런 적이 없었으니까, 바쁜 엄마를 배려하는 내 방식이 맞다고 쭉 믿어온 것이다. 엄마는 엄마대로, 분식집을 하는 엄마를 딸이 창피해한다고 짐작했으니 나를 편하게 부를 수 없었다. 그때 왜 우린 솔직하게 이야기를 하지 못했을까? 그나마 수십 년이 지나서라도 서로의 진짜 속마음을 알게 됐으니 다행이라고 해야 할까?

내가 프랑스 사람들과 겪고 있는 의사소통의 문제도 어쩌면 엄마와 나의 동상이몽 같은 비슷한 상황이 아닐까? 좀처럼 풀리지 않는 고민을 머릿속에 계속 이고 있던 어느 날, 나는 누군가에게 무엇이 문제인지 솔직하게 물어봐야겠다는 결심을 했다. 지금까지 경험으로 비추어 보면 프랑스 사람들은 제3자에 대해서는 자신의 의견을 잘 피력하면서도, 상대방 앞에서는 솔직하지 않았다. 물론 우리나라 사람들도 그런 경향이 있긴 하지만, 프랑스 사람들은 어떤 이야기를 할 때 자신에게 손해가 되는지 이득이 되는지를 먼저 따지는 느낌이 있다고 할까? 딱히 손해도, 이득도 없으면 굳이 자신의 생각을 말할 이유가 없다는 모습을 자주 보았다. 내가 안고 있는 고민을 이야기하면 들어주긴 하겠지만, 자기 의견을 흔쾌하게 말해줄 사람이 쉽게 떠오르지 않았다.

그러다 한 사람이 머릿속을 스치고 지나갔다. 프랑스 국적이긴 하지만, 외국인 부모님 밑에서 자란 영향인지 프랑스 사람들보다 꽤 솔직하다는 인상을 주는 파트너였다. 이 사람에게 전화를 걸어 허심탄회하게 고민을 털어놓고 조언을 구했다. 그리고 그토록 바라던 문제의 실마리를 얻을 수 있었다.

알고 보니 프랑스 사람들 입장에서는 내가 말하는 방식이 굉장히 직설적이라서 부담스러울 때가 있다고 한다. 질문에 바로 답을 하지 않는 것은 그들 나름대로 이유가 있기도 한데, 나는 악착같이 내가 원하는 그 타이밍에 답변을 받아내려는 느낌을 준다고 한다. 궁금증은 해소됐으나 좀 억울한 마음이 앞섰다. 내가 그렇게 답변을 요구하는 일들은 개인적인 호기심을 해소하기 위해서가 아니라, 그들과 내가 파트너 관계로 거래하고 있는 고객사의 입장에서 마땅히 할 만한 질문을 내가 대신한 것이었다. 어쨌든 원인을 알았으니 이제 해결책을 찾아야 했다.

"그럼 앞으로 내가 일하는 방식을 어떻게 바꾸면 좋을까? 빨리 확인하고 고객사에 답을 줘야 하는데, 답변 없는 담당자에게 '긴급'이나 '리마인드'를 붙여서 메일을 보내지 않고 해결할 수 있는 방법이 있긴 할까?"

"전화해서 말로 해. 그리고 물어봐. 왜 그런지. 메일은 그다음에 써. 대화가 기록으로 남는 게 너한테 그렇게 중요하다면 말이야."

대답은 너무나 단순해서 허탈할 정도였다.

"어차피 다시 글로 남길 건데 말로 하는 게 왜 그렇게 중요해?"

내가 허무한 감정을 감추지 못하고 물었다.

"누가 나한테 전화를 해서 문제를 설명한다는 건, 네 의견을 얘기하는 동시에 내 의견도 듣겠다는 거잖아. 이게 중요하지. 직접 찾아가서 이야기한다는 건 사안이 더 중요하다는 거고."

이렇게 간단명료한 답이 있을 줄 전혀 생각하지 못했다. 그간 업무와 관련된 대화는 모두 기록해 두어야 한다는 것에만 집착했던 것 같다. 커뮤니케이션의 오류, 추후 발생할지도 모를 사고에 기민하게 대처하려면 기록이 있어야 언제 어떤 과정에서 문제가 발생했는지 파악이 가능하다. 때문에 나는 소통하는 수단으로 이메일을 고집했는데, 상대방 입장에서는 이런 내 모습에서 벽을 느끼지 않았을까 싶은 생각이 뒤늦게 들었다.

"아니 몇 년째 프랑스에 살면서도 아직도 모르는 게 있더라. 그동안 일 잘해보겠다고 열심히 소통하려던 게 사실은 벽에다 대고 혼자 떠들어 댄 거였어. 파트너들한테는 내가 벽이었고!"

한국 친구를 만나 한풀이하듯 하소연을 쏟아냈다. 사춘기 시절부터 오랫동안 외국에서 살았기에, 해외살이의 서러움을 나만큼이나 잘 아는 친구였다.

"사람 사이에 벽이 있는 거야 당연하지. 더군다나 비즈니스 관계로 만난 건데. 벽이 없다는 게 오히려 이상한 거 아니야? 지구촌이니 뭐니 해도 나라 사이 국경은 여전하고, 고유한 문화도 존재해. 프랑스하고 우리나라는 만 킬로미터는 떨어져 있을걸? 물리적 거리가 이런데, 우리와 프랑스 사람 사이의 벽은 얼마나 높겠어? 그래도 난 너 대단하다고 생각해. 그 정도면 포기할 만도 한데, 계속 소통하려고 시도하잖아. 넌 충분히 잘하고 있어. 넌 스스로를 평가하는 데 너무 엄격해. 조금 관대해져도 돼."

친구인지 심리상담사인지 모를 만큼 말 한 마디 한 마디에서 포근한 위로와 격려가 느껴졌다.

벽을 없앨 생각은 하지 말고 벽이 존재하는 사실을 인정하자. 벽에다 대고 소리 질러봤자 공허한 메아리만 돌아올 것이고, 성질에 못 이겨 직접 부딪쳐 봤자 내 몸만 바스러질 것이다. 그런 무의미한 시도는 그만두고, 힘을 조절해서 상대방에게 온전하게 닿을 수 있는 곡선을 만드는 시도를 해보자. 그래서 내 메시지가 그 곡선을 따라 벽을 자연스럽게 타고 넘어갈 수 있도록 하는 것이다. 진정한 소통은 상대방과 내 생각을 일치시키는 것이 아니라, 서로의 의견과 관점을 올바르게 이해하는 것이니까.

와인 셀러,
'와인 기사'가 되다!

와인 대학교에 합격했다는 통보를 받고 입학식을 기다리던 시절이었을 것이다. 여유도 있고 날씨가 좋은 어느 한 낮, 아비뇽 교황청 뒤에 있는 공원으로 산책을 나갔다. 역시 다른 사람들도 나처럼 화창한 날씨에 집에만 있기 아까웠는지 공원 안은 인파로 가득했다. 산책을 하다가 특이한 광경을 보았다.

공원 전역이 사람들로 북적였지만 유독 교황청 앞쪽에 많은 사람들이 모여서 한곳을 바라보고 있었다. 무슨 구경거리라도 있나 싶어 고개를 돌리니 벨벳처럼 두꺼운 재질의 긴 가운을 입은 사람들이 깃발을 일렬로 세워 들고 교황청 안으로 들어가는 모습이 보였다. 깃발에는 와인 아펠라시옹을 상징하는 문양이 들어있었다. 무리 뒤로는 마차와 비슷하게 생긴 큰 농기구가 따르고 있었다. 마차처럼 큰 바퀴가 달려있고 크기는 소형차 정도인 기구를 앞뒤에서 두 사람씩 붙어 천천히 끌고 있었다.

와인과 관련된 행사임을 직감한 나는 호기심이 생겨 그 무리를 따라갔다. 가까이서 보니 농기구에는 잘 익은 포도가 가득 실려있었다. 바람이 불자 싱그러운 포도향이 전해졌다. 어느덧 기구는 멈춰 서고, 끌고 오던 네 사람 중 한 사람이 남아 구경하는 사람들을 향해 외치듯 말했다.

"잠시 뒤 이 포도로 즙을 짤 테니까 마시러 오세요. 맛이 기가 막힙니다!"

사람들 사이에서 가벼운 환호성이 일었다. 분위기를 보아하니 올해 첫 포도 수확을 기념하는 행사인 듯싶었다. 나처럼 산책할 생각으로 나왔다가 행사장에 들어온 사람들도 있었고, 아예 이 행사에 참가하기 위해 온 차림새의 사람들도 있었다.

부스 여러 개가 행사장 한곳에 설치되고, 행사장 담당자들로 보이는 사람들이 부스 안 테이블 위에 와인과 와인글라스를 진열하기 시작했다. 5유로에 와인글라스와 다섯 종의 시음용 와인, 휴대용 음주 측정기를 준다고 했다. 아직 와인에 대한 지식이 부족해서 공부 삼아 시음도 해봤으면 좋았겠지만, 그날은 왜 그런지 시음이 당기지 않았다. 대신 좀 전에 본 청포도만 생각났다. 잘 익은 놈들이 가득 실려있던 농기구가 눈앞에 아른거렸고 얼른 포도즙을 맛보고 싶었다.

공원 한가운데 설치된 간이무대에 각 아펠라시옹을 대표하는 와인 기사단이 차례로 등장했다. 아펠라시옹의 와인을 홍보한 데 공헌한 사람 중 심사를 거쳐 와인 기사단에 합류할 자격이 주어진다는 말은 들어본 적 있었다. 이렇게 갑작스럽게 그 현장을 내 두 눈으로 보게 될 줄은 몰랐다. 기사단은 아펠라시옹별로 그간 있었던 주요 일정을 공개하고, 올해 기후가 포도농사에 끼친 영향 등에 대해 이야기했다. 곧이어 와인 기사단에 새롭게 들어온 단원들이 자신을 소개하는 자리가 이어졌다.

처음에는 다들 관심을 가지고 지켜보았는데, 행사가 계속될수록 사람들의 집중도가 떨어졌다. 오랫동안 서있기에 날씨가 생각보다 쌀쌀했다. 나도 가벼운 마음으로 산책하듯 나온 터라 옷이 얇았다. 한자리에 이렇게 오래 있을 줄은 몰랐다. 포도즙을 받으려면 언제까지 기다려야 할지 몰라 그만 돌아갈까 고민하고 있는데, 기사단 사이로 무대에 오르는 동양인이 보였다. 그를 발견한 순간 내 시선은 고정되었다.

"오, 동양인도 있네."

누군가 뒤에서 수군거리는 소리가 들렸다. 현지인들이 보기에도 동양인 기사는 평범해 보이지 않은 모양이었다.

그는 무대 중앙에 서서 영어로 자신을 소개했다. 일본 사람이며, 프랑스 와인을 일본에 수입하고 홍보한 지 20년이 넘었다고 했다. 와인 기사단에서 감사하게도 본인을 받아 주어서 너무 영광스럽고 기쁘다는 말과 함께, 이 행사에 참석하기 위해서 일부러 프랑스로 왔다고 했다. 프랑스어를 못해서 영어로 소개하는 점에 대해 양해를 구했다. 유일한 동양인이었던 그에게 사람들은 큰 박수로 환영과 격려를 아끼지 않았다.

내 눈에도 그 풍경은 인상적이었다. 실제로 와인 업계에서 일하면서 보니 와인 관련 행사에서는 서구 유럽 쪽 사람들이 주류를 이룬다. 특히 주최 측 관계자면 예외 없이 유럽인인 경우가 많다. 그다음 비중은 북미권 사람들로, 동양인은 쉽게 찾아볼 수 없었다.

어쨌든 그날 그 행사장에서 만난 동양인 기사는, 본격

적으로 와인을 공부하고 이쪽 세계에서 자리 잡길 희망하는 나에게 새삼 신기하고 든든하게 느껴졌다. 나도 나중에 저 사람처럼 모두에게 인정받고 성공했으면 좋겠다고 막연하게 생각해 보았다.

그리고 6년이 지난 뒤, 그 막연한 꿈은 현실이 되었다.

2022년 연말, 파트너로 함께 일해온 와이너리의 와인 메이커가 연락을 했다. 올해도 곧 끝이 나는데 함께 식사나 하자고 하는 것이다. 장소는 아비뇽 부근의 샤토뇌프 뒤 파프Châteauneuf-du-Pape('교황님의 새로운 성'이라는 뜻으로 와인 생산지 마을 이름이자 와인 아펠라시옹 이름이기도 함) 마을에 있는, 몇 세기 전 교황이 별장으로 머물던 샤토였다. 유명 와이너리의 와인메이커들은 이런 행사에 자주 참가하는데, 올해 수고 많았다고 식사를 대접하시려는가 보구나 하는 가벼운 마음으로 찾아갔다.

하필 이날 집을 나서기 전에 화상을 입었다. 토요일이었지만 확인해야 할 업무가 있어 점심을 건너뛰었다가 외출하기 전에 허기를 때우려고 차와 케이크를 준비했다. 뜨겁게 끓인 보리차를 텀블러에 담아두었는데, 실수로 팔에 쏟아버린 것이다. 순간 허기도 잊고 끔찍한 통증과 함께 시뻘겋게 올라오는 피부를 진정시키느라 정신이 없었다. 급한 대로 화상 연고를 잔뜩 바르고 붕대를 칭칭 감고 약속 장소로 향했다.

주차장에서부터 알 수 있듯 참석자가 정말 많았다. 팔에 감긴 붕대로 이목을 끌고 싶지 않아 겨울 패딩 안에 재킷을 하나 더 걸쳐 입었는데, 행사장 내부의 온도가 예상보다 높았다. 샤토에서 하는 행사라서 약간 서늘할 줄 알았는데, 한 해에 두 번밖에 없는 행사이고 나이 드신 분들도 많아서 난방을 세게 틀었나 보다. 상처에서 느껴지는 열감과 두꺼운 옷을 입은 탓에 땀이 삐질삐질 났다. 그래도 차마 재킷은 벗지 못하겠다. 붕대로 감아둔 화상 흉터에 땀이 차면 어떡하지 걱정만 앞선 채 넓은 행사장을 둘러보고 있었다. 어느 테이블에 앉아야 하는지 초대한 와인메이커가 어디 있는지 두리번거리다가 명찰을 단 관계자가 보여서 다가갔다. 그는 초대 명단 중 내 이름을 확인하고 테이블 번호를 알려주더니 방긋 웃으며 인사를 건넸다.

"축하합니다, 마드무아젤!"

"네? 뭐라고 하셨죠?"

나는 어리둥절해져서 되물었다.

"모르셨구나! 이런 서프라이즈는 언제나 기분 좋은 일

이지요. 오늘 기사단 훈장을 받으실 거예요! 그래서 무대 앞쪽에 있는 테이블에 자리가 준비되어 있습니다."

'정말인가요? 제 이름 제대로 확인한 것 맞나요?'

여전히 영문을 모르겠다는 표정을 짓자 관계자는 확인이라도 해주겠다는 듯 빙긋 웃으며 참석자 명단을 보여주었다. 정말 내 이름 옆에, 별표와 함께 형광펜으로 테이블 번호가 강조되어 있었다. 나를 대상으로 누군가 '몰래 카메라'라도 찍고 있는 건가 싶었다. 오늘 이 자리에 초대한 와인메이커에게 전화를 하려고 하는데, 누군가 뒤에서 살짝 어깨를 건드렸다.

"먼저 왔군요! 반가워요 앤디 씨…… 아니지, 이제 와인 기사 마담 앤디 씨라고 불러야 되나?"

멀리서 나를 발견하고 다가온 와인메이커가 웃으며 말했다.

"아, 뭐예요! 진짜 몰랐어요. 근데 저 정말 자격 있는 거 맞나요?"

살면서 좋은 일이 생기면 늘 멋있고 당당하게 받아들여야지 생각하고 있었건만, 막상 이런 상황에 놓이고 보니 내가 이런 상을 받아도 되는지 걱정스러웠다.

"자격이라뇨! 무슨 말이에요. 우리 샤토뇌프 뒤 파프

와인협회에서는 아무나 안 받아준다고요. 협회 멤버들의 만장일치가 있어야 기사 훈장을 수여할 수 있어요."

머릿속에 몇 년 전에 보았던 기사단들의 모습이 떠올랐다. 갑작스러웠지만 그만큼 감격스러웠고 가슴이 뭉클했다.

안내받은 테이블에 앉아서 행사를 기다리려는데, 관계자가 다가왔다. 오늘 훈장을 받을 사람들은 홀 가운데에 별도로 배치된 의자에 잠시 앉아서 본인 순서를 기다리라는 것이었다. 의자 수를 세어보니 열네 자리가 비어있었다. 다른 사람들은 원탁 테이블에 앉아있는데, 한가운데 통로에 앉아있으려니 기분이 묘했다. 어색함도 뿌리칠 겸 옆 사람에게 말을 걸었다.

"(이 자리에 있다는 게) 믿기세요? 저는 정말 식사하러 오는 줄 알았거든요."

미국 동부 억양이 강한 남성이 화답해 주었다.

"모르고 왔으면 더 기분 좋았겠네요. 나는 알고 있었는데도 며칠 전부터 설레더라고요. 참, 내 이름은 마이클입니다."

선뜻 악수를 청하며 명함도 건네기에 나도 소개를 했다.

마이클은 성격이 굉장히 좋은 사람이었다. 가벼운 이야

기를 편안하게 주고받자 긴장도 풀리고 마음이 편해졌다. 와인 업계에서 일하다 보니 유럽 사람들보다 북미 사람들과의 의사소통이 편안하고 원활하다는 선입견 아닌 선입견이 있었는데, 그 생각이 한층 더 단단해졌다.

단상에 오르는 사람에게는 테이스팅을 할 기회가 주어졌다. 명예 회원들의 질문에 대답을 하거나 테이스팅 한 와인에 대한 평가를 모두에게 이야기했다. 내 차례가 되면 무슨 말을 해야 할까 이리저리 궁리를 해보았지만 아무것도 떠오르지 않았다. 나보다 먼저 단상에 오른 이들의 이야기가 너무도 흥미로웠다. 생각보다 다양한 분야의 사람들이 와인 애호가로서 샤토뇌프 뒤 파프 아펠라시옹을 알리는 일에 혼신을 다 해왔구나 싶었다. 다시금 저런 사람들과 함께 기사 훈장을 받는다는 사실이 꿈만 같았다.

옆에 앉아있던 마이클 씨의 순서가 되었다. 나는 옆자리에 앉아 대화를 나눈 것도 인연이라 생각하고 훈장을 받는 장면을 핸드폰으로 촬영했다. 본인 차례가 다가올수록 떨린다고 하더니 이야기하는 내내 그는 여유롭고 굉장히 기분 좋아 보였다. 그리고 드디어, 내 차례가 되었다.

많은 이들이 모인 자리에서 수상하는 기분은 인생에서

쉽게 누릴 수 없는 감정이다. 오래오래 기억에 남을 순간이기도 하다. 그런데 누군가가 "훈장 받았을 때 어땠어?"라고 묻는다면 나는 "기억이 안 나. 그냥 얼떨떨했어"라고 말할 것이다. 영화제에서 상을 받은 배우들이 왜 그렇게 어리둥절해하고 두서없는 소감을 이야기하는지 어렴풋이나마 알 것 같았다.

다만 이름이 불리고 단상에 올라가려고 계단을 딛을 때의 기억은 선명하다. 한순간, 그간 와인 공부를 해왔던 모든 순간들이 주마등처럼 머릿속을 스치고 지나갔다. 진로를 걱정하다가 머리를 식힐 겸 친구와 드라이브를 하던 길에 우연찮게 와이너리의 포도밭에 마음을 뺏겼던 순간, 와인 대학교 면접을 준비하던 순간, 교수의 인정을 받기 위해 며칠을 '피칭' 연습에 몰두했던 순간, 와이너리 담당자와의 의사소통에 어려움을 느끼며 머리를 쥐어뜯고 싶었던 순간…….

단상에 올라 협회 명예회원들의 질문을 받고, 시음을 하고 페어링에 대한 이야기를 했던 건 어렴풋하게 기억이 난다. 참석자들이 박수를 쳐주었고, 협회 회원들이 나를 소개해 주는 말을 들으며 방긋방긋 웃다가 단상 아래로 내려왔다. 훈장을 받을 나머지 사람들이 없었다면 잠깐 샤토 밖으로 나가서 소리라도 지르고 싶은 심정이었다.

나는 원래 행사 자리에서도 과음을 하지 않는 편이다. 하지만 그날만큼은 나 자신을 조금은 내려놓고 싶었다. 날이 날이니만큼 술도 너무 맛있었다. 와인협회에서 주관하는 행사답게 테이블에는 훌륭한 올드 빈티지 와인들이 놓여있었고, 음식들도 꿀맛이었다.

행사를 마치고 돌아오는 길에 마이클 씨의 명함에 있는 핸드폰 번호로 사진을 보냈다. 기념할 수 있을 것 같아서 찍어 뒀다는 메시지와 함께. 이럴 줄 알았으면 자기도 찍어 주는 건데, 너무 고맙다는 답장이 곧바로 왔다. 핸드폰을 가방에 집어넣으려는데 다시금 메시지 알림음이 울렸다.

—이름 꼭 기억할 테니 다음에 다른 기사 훈장 수여식에서 만나요. 그땐 같이 사진 찍어요!

다음에 받을 다른 기사 훈장이라니, 상상조차 할 수 없었다. 과연 오늘 같은 날이 또 올까? 오지 않아도 크게 괘념치 않을 것 같다. 프랑스의 와인 전문가들에게 인정을 받았고, 그것과 상관없이 나는 이미 와인의 매력에 푹 빠져버렸으니까.

'본연의 맛을 형성하기 위해선 숙성이 필요한 상태'의 와인

와인의 역사는 꽤나 오래되었다. 고대 메소포타미아 시대부터 식사할 때 와인을 곁들였다는 기록이 있다고 하니 포도를 재배한 역사는 그보다 더 오래되었을 것으로 짐작된다. 와인을 업(業)으로 삼고 본격적으로 공부하기 시작했을 때 나는 누구에게도 말하지 않았지만, 기대감에 차 있었다. 이처럼 역사가 오래고 보편적인 분야의 일에는 공고하게 체계가 잡혀있지 않을까 생각했다. 와인을 만드는 일, 와인에 어울리는 음식을 개발하는 일, 와인을 상용화하는 일 모두 오랜 역사만큼이나 시행착오를 거쳐 가장 효율적인 방법들이 마련돼 있을 테니, 먼저 기존의 방식부터 잘 살펴볼 작정이었다.

하지만 와이너리에서 근무하면서 깨달았다. 그동안 내가 얼마나 순진하고 허무맹랑한 꿈을 꾸고 있었는지를.

어떻게 감히, 인간이 와인을 만든다고 생각했을까!

포도밭에서 사계절을 겪어보면 어렴풋이 알게 된다. 이 놀라운 대자연 앞에서, 인간이 할 수 있는 건 극히 제한적이다. 물론 플라스틱을 만들고, 자동차를 만들고, 그와 함께 대기를 더럽히고, 바다를 오염시키며 인간은 지구 환경에 절대적인 존재감을 드러내지만, 포도가 성장하고 와인이 만들어지는 과정에서는 한낱 자연의 일부일 수밖에 없다. 포도나무 묘목을 심는 일부터 발효과정을 거쳐 병에 담아 숙성을 마치기까지 인간이 혼자서 할 수 있는 일은 아무것도 없다. 마치 봄부터 여름까지 포도밭을 열심히 돌아다니며 영양분을 만들어 내는 곤충처럼, 시간을 보채지도 늦출 생각도 하지 말고 그저 자신에게 주어진 역할에 충실해야 한다. 와인은 하늘과 땅 그리고 사람이 만들어 내는 공동 작업의 결과물이다.

만나기 힘들기로 소문난, 유명 샴페인 하우스 양조 담당자를 인터뷰한 적이 있다. 와인 업계에서 '꼬꼬마'라고도 할 수 없을 만큼 경험이 미천했던 때라, 이렇게도 운이 좋을 수 있을까 싶으면서도 차라리 못 만난다고 하면 긴장하지 않았을 텐데 하는 극단의 감정에 빠져들었다. 걱정과 달리 그는 나를 너무나 친근하게 맞아주고 편안하게 해주었다. 인터뷰를 정해진 시간밖에 할 수 없다며 양해를 구하기도 했다.

의외였다. 워낙 유명하고 바쁜 사람이라는 세간의 오해가 쌓였고, 나 또한 그런 사람은 으레 부담스럽고 뭔가 까다로울 것이라는 선입견을 가지고 있었던 것 같다. 그와의 인터뷰를 통해 다시금 알게 됐다. 와인의 세계가 알 수 없는 사람의 속만큼이나 무궁무진하고, 와인에 대해 알아야 할 것들이 내 앞에 얼마나 많이 놓여있는지를.

'와인 기사' 작위를 받으면 와인에 대해 어느 정도 전문가가 되었다고 자부해도 되지 않을까 생각했던 시절이 있다. 만나본 와인 기사들이 하나같이 대단한 분들이라 자연스럽게 그런 확신을 한 것 같다. 나는 뭔가 목표가 생기면 몰입하는 편이다. 공적 생활에서도, 사적 생활에서도 이제 좋아하는 와인과 함께하게 되어서 기쁠 줄 알았는데, 내가 좋아하는 만큼 와인을 모른다는 사실에 화가 났다. 아무리 공부하고 노력해도 와인 전문가라 스스로 인정할 수 있는 날이 오긴 할까 의심이 들었다. 그래서 기준으로 삼은 것이 '와인 기사'였다. 프랑스의 와인 전문가들에게 '기사'로 인정받는 위치에 오르면 그땐 자부심을 가져도 되지 않을까?

맛이 없다고 단정 지을 순 없지만, 진정한 맛을 내려면 좀 더 기다려야 하는 미성숙한 상태의 와인이 있다. 사람으로 치면 질풍노도의 청소년기가 아닐까 싶다. 가정에서는 이제 부모님 없이 혼자 할 수 있는 일이 많지만, 사회에서는 아직 1인의 몫을 온전히 해내려면 경험과 지식을 더 많이 쌓아야 할 시기. 사람에게도, 와인에게도 굉장히 중요한 때다.

와인 작위를 받은 지도 2년이 되었다. '와인으로 비유하자면 지금의 나는 어떤 상태일까?' 하고 생각해 본다. 아무리 떠올려 봐도 미성숙한 상태의 와인에서 벗어나지 못하겠다. '본연의 맛을 위해서는 아직 숙성이 필요한 상태'랄까? 어쩌면 아직도 나에 대한 자신이 없어서이기도 하다. 나를 와인이라고 가정해 보자. 나를 마셔본 누군가는 나를 일컬어 어떤 기준을 충족하였으니 병입 작업을 해도 될 상태라고 판단해 줄지도 모른다. 하지만 나는 얼른 시음 적기가 되어서 콩쿠르에 출품되는 것보다는, 당분간은 아직 양조통에 남아서 다음 단계의 숙성을 기다리는 상태이고 싶다. 매일 우당탕 벌어지는 크고 작은 사건에 가슴 졸이고, 제법 괜찮은 임기응변에 나 자신도 뿌듯해하고, 와인과 함께하는 이 삶이 얼마나 행복한지 새삼 마음 설레고, 속상해서 울기도 한다. 이 모든 하루가 와인이 숙성해 가듯 내가 성장해 가는 기록이었으면 한다.

다행스럽게도 이 과정이 아직까지는 재미있다. '아직 맛을 평가 내리기 이른 상태'의 와인을 내 정체성으로 삼아, 영원히 알 수 없을 와인과 와인을 매개로 인연을 쌓고 있는 수많은 사람들을 나를 성장시켜 주는 햇살과 바람 삼아 부대끼며 살고 싶다.

세상 모두가 만족할 만한 완벽한 와인은 없다. 하지만 세상에 무수히 존재하는 와인 중에 우리 모두 각자의 입맛에 딱 들어맞는 와인은 분명히 있다. 마치 나를 위해 존재하는 듯한 와인을 만나는 순간은 또 얼마나 행복할까? 와인은 그것만으로도 소중한 존재가 된다.

일하는사람 #015
결국 너밖에 없구나, 와인

초판 1쇄 인쇄 2024년 3월 15일
초판 1쇄 발행 2024년 3월 22일

지은이 | 앤디 킴
발행인 | 강봉자, 김은경

펴낸곳 | (주)문학수첩
주소 | 경기도 파주시 회동길 503-1(문발동 633-4) 출판문화단지
전화 | 031-955-9088(마케팅부), 9530(편집부)
팩스 | 031-955-9066
등록 | 1991년 11월 27일 제16-482호

홈페이지 | www.moonhak.co.kr
블로그 | blog.naver.com/moonhak91
이메일 | moonhak@moonhak.co.kr

ISBN 979-11-93790-06-9 03810